밤의

눈

밤의 눈: 큰글씨책 1

초판 1쇄 발행 2017년 7월 24일

지은이 조갑상
펴낸이 강수걸
편집장 권경옥
펴낸곳 산지니
등록 2005년 2월 7일 제 333-3370000251002005000001호
주소 부산광역시 해운대구 수영강변대로 140 BCC 613호
전화 051-504-7070 | 팩스 051-507-7543
홈페이지 www.sanzinibook.com
전자우편 sanzini@sanzinibook.com
블로그 http://sanzinibook.tistory.com

ISBN   978-89-6545-433-5 04810
       978-89-6545-432-8(세트)

* 책값은 뒤표지에 있습니다.
* 이 도서의 국립중앙도서관 출판예정도서목록(CIP)은 서지정보유통지원시스템
홈페이지(http://seoji.nl.go.kr)와 국가자료공동목록시스템(http://www.nl.go.kr/
kolisnet)에서 이용하실 수 있습니다.(CIP제어번호: CIP2017017028)

밤의 눈

조갑상 장편소설

산지니

"여러분들에게 이야기를 하나 들려주지."

"그래, 좋지."

"내가 하는 이야기가 다 진짜는 아니지."

"그럼."

"그렇다고 다 거짓말도 아니지."

"그럼."

— 이슬람의 어느 이야기꾼과 청중들의 대화●

● 김화영 편역, 『소설이란 무엇인가』, 문학사상사, 1986, 115쪽에서 일부 수정

차례

망자가 산 사람을 만나게 하다

1972

어수선한 바람이 서리 내린 마당을 쓸어 댔다. 하늘은 흐리고 공기는 건조했다. 한용범은 우물가 저편의 감나무를 찾았다. 담 너머로 가지가 뻗은 고목이었다. 어제까지 분명히 달려 있던 서너 개의 까치밥이 다 떨어지고 없었다. 다시 한 번 가지를 더듬었지만 감은 하나도 보이지 않았다. 장례식이 바로 오늘인데 하루를 못 버티다니. 서운한 마음에 첫 추위가 실감 나면서 몸이 떨려 왔다. 미처 눈에 들어오지 않았던 까치 한 마리가 푸르르 날아올랐다. 까악까악. 울음소리가 찬바람을 갈랐다. 반가운 손님이 찾는다는 아침까치가 싱겁다 싶어 한용범은 걸음을 옮겼다. 서리가 앉은 낙엽이 미끄러울까 봐 손에 쥔 주목 단장에 절로 힘이 들어갔다. 전에는 먼 길 갈 때만 단장을 찾았지만 요즘 들어서는 나들이 갈 때마다 챙기고 있었다. 나이 탓일 것이었다. 장의 생각에 골똘해서인지 어지럽게 날리는 낙엽도 예사로이 보이지 않았다.

"날씨가 찹은데 조심해서 다녀오이소."

아내가 부엌에서 나오며 말했다.

"그래야지. 나중에 날씨 풀리면 애 데리고……."

한용범은 투표라는 뒷말을 흐렸고, 아내는 고개를 끄덕였다.

그가 가족들보다 투표를 서두른 것은 며칠 전 세상을 떠난 동네 어른의 발인을 보기 위해서였다. 그는 두 가지 일 어느 쪽도 빠질 수 없는 입장이었다. 공교롭게도 고인의 장례일과 개헌 찬반 국민투표가 겹친 것이다.

"아버지 배웅도 안 하고 늦잠이나 자고, 저리 철딱서니가 없어 가지고서야."

아내가 딸더러 철딱서니가 없다고 한 것은 늦잠 때문이 아니었다.

"너무 몰아붙이지 말아요, 지도 답답하니까 그런 소릴 하지."

부산에서 대학을 다니는 딸은 전국 대학에 내려진 휴교령 때문에 진작부터 집에 내려와 있었다. 딸아이는 학과가 적성에 맞지 않는다는 말을 입학 직후부터 해 왔다. 그런데 이번에는 아예 작정을 한 듯 재수 말까지 꺼내 제 엄마와 신경전을 치르고 있었다. 처음부터 선생이 되겠다고 교육대학이나 사범대학에 가려는 아이를 우겨넣다시피 가정대학으로 보냈는데 학년이 오를수록 힘든 모양이었다. 아직까지는 제 엄마와 나누는 이야기라 못 들은 체하고 넘어가고 있지만 애비인 자신이 나서야 할 때도 있을 것이었다.

"장지가 먼가예?"

아내는 그래도 딸보다는 먼 길 가는 남편이 더 걱정인지 말머리를 돌렸다.

"십 리 안팎인가 보던데."

"버스 대절해서 들어갈 길은 아닐 끼고, 감기 들지 않게 조심하이소."

"그렇겠지. 그럼 다녀오리다."

그는 주목 단장을 앞세우며 대문으로 걸어갔다.

투표에 빠질 수 없는 그의 형편은 딸애의 진학과도 관계가 있었다. 딸애를 교대나 사범대학으로 보내지 않은 것은 임용이 되지 않을 것이기 때문이었다. 큰아들이 정부 투자기관인 한국전력 채용시험에 합격하고도 신원조회에서 떨어지는 걸 보고서야 자식들에게 연좌제가 적용된다는 걸 알았다. 5·16 뒤 자신의 구금을 지켜보기도 하고, 군 복무 중 이유 없이 방첩대에 한 번씩 불려갔다고는 하지만 막상 취직에까지 영향을 미칠 줄은 몰랐다. 당사자인 자식이 받은 충격은 말할 나위 없었고 한용범도 머리가 아득했다.

그는 그 일을 겪으면서 작은아들에게는 형편을 미리 일러주었지만 딸에게는 여태 입을 떼지 못하고 있었다. 제 오빠들과 터울도 지는 데다 딸자식이라 그렇기도 하지만 집안이 가장 힘들었을 때 태어났다는 애잔함 때문일지도 몰랐다. 딸애를 두고 그저 얌전하게 대학 마치고 시집이나 가면 되지 하는 소리가 소심할지는 몰라도 그들 내외의 소망인 것만은 틀림없었다.

길에 나서자 바람이 더 매서웠다. 그는 중절모를 조금 더 내려 썼다. 길바닥에 널린 낙엽이 부산스레 바닥을 쓸고 다녔다. 대로로 나서기까지 얼기설기한 골목길을 지나는 동안 사람 구경을 할 수가 없었다. 임시 공휴일인 데다 아직 8시 전이었다. 자동차들만 이따금씩 뒷꽁무니에 연기를 뿜으며 달려갈 뿐 차도도 한가했다. 전봇대와 전봇대 사이에 걸려 있는 현수막이 금방이라도 찢어질 듯이 너펄거렸다. 이면도로로 한 번 꺾어 눈에 들어오는 국민학교 정문 위에 내걸린 '11월 21일은 국민투표일'이라는 현수막도 마찬가지였다. 그는 모래바람이 이는 운동장을 가로질러 교사로 들어섰다.

투표소는 1층 교실에 마련되어 있었다. 그가 들어섰을 때는 선거관리 관계자들만 자리를 지키고 있었다. 석유난로가 타고 있었지만 훈훈할 정도는 아니었다. 그는 선거인명부를 확인하고 외투 주머니에서 목도장을 꺼내 날인한 뒤 투표용지를 받아 들었다. 하얀 광목천 휘장이 쳐진 기표소에서 그는 단장을 합판 위에 걸어 두고 투표용지를 펼쳤다. 찬성과 반대의 네모칸 두 개가 눈에 크게 들어왔다. 그는 서둘러 왼편 찬성 글자 밑의 네모칸에 붓뚜껑을 눌렀다. 글자를 눈여겨보고 망설이다가는 붓뚜껑이 반대쪽으로 갈 수도 있었다. 그동안 받아든 투표지에서 그는 언제나 왼편에다 붓뚜껑을 눌러 왔다. 오늘 같은 헌법개정 찬반 여부는 물론, 대통령 선거나 국회위원 선거에서도 그가 찍어야 하는 기호 1번 여당 후보 이름은 늘 왼쪽 칸에 위치했다.

한용범은 바닥에 화살표가 그려진 방향을 따라 교실 밖으로 나왔다. 다시 현관으로 가고 있을 때 교장실 문이 열렸다.

"아, 한 선생님 일찍 나오셨네요."

본서 정보과 형사였다.

"투표는 잘 하셨지요."

그 사람다운 인사였다.

"부인과 같이 안 오시고. 참 따님도 여기 투표소지."

"나중에 올 거요. 내가 인사할 데가 있어 먼저 나왔소."

형사는 잠시 생각하는 표정이었다.

"상이 났지요. 박 씨댁에."

한용범이 일깨워 주었다.

"아, 박 씨, 박대호랬나."

형사는 이름까지 정확하게 기억해 냈다.

"3일장 하고 말지 무슨 5일장이나 벌여 놓아. 그럼, 다음에 봅시다."

본서 정보과 소속인 그는 한용범에게 이른바 담당이었다. 정보과 형사는 10월 17일 비상계엄령 선포와 같이 유신헌법이라고 이름 붙여진 헌법 개정안이 발표된 이후 하루도 거르지 않고 읍에 들락거렸다. 어제 오후에도 한용범은 투표에 빠지지 말라는 그 사람의 전화를 받았다. 그동안 기관의 선거 개입은 음으로 양으로 있어 왔지만 이번 투표만큼 노골적인 건 처음이었다. 장례

날이 투표일과 겹치는 걸 두고도 형사가 투덜댔다는 것은 그만큼 자신의 담당지역 투표율을 신경 쓰고 있다는 소리였다. 한용범은 건물 밖으로 나왔다. 형사 입에서 고인의 이름을 함부로 들은 것 같아 마음이 언짢았다. 날은 희끄무레하니 흐리고 추워도 모든 게 조신스런 하루였으면 하는 심정이었다.

발인 후 운구가 시작되었을 때 한용범은 백관들 뒤를 따르는 일반 문상객 대열에서도 맨 뒤편에 섰다. 추위를 털기 위해 더 자주 메기는 것 같은 상여소리가 바람결에 겨우 들릴까 말까 한 거리였다. 걸음도 남보다 더뎠지만 어쩐지 고인이 된 박대호를 멀찍이서 조상하고 싶은 마음이었다.

그는 부음을 듣고서 속으로 통곡을 했다. 문병을 하면서 병환이 어렵다는 걸 미리 알기는 했지만 막상 부음을 듣고 나니 그동안 쌓였던 정회를 참을 수가 없었던 것이다. 예부터 부조 중에서 제일 큰 부조가 만장을 써 보내는 거라고들 했다. 하지만 그는 자기 이름을 걸고 망자를 기리는 글을 쓰지 않았다. 만장이 죽은 이의 삶을 몇 줄의 글로 드러내는 거라면 망자에게는 굳이 쓸 말이 없을지도 몰랐다. 고인은 학식이 높지도 않았고 공직이나 어떤 사회적 직책을 맡은 적도 없었다. 그렇지만 이승을 살다 가는 그 누구라도 추모할 흔적 한두 구석쯤은 남기는 법이니 한용범도 고인에게 할 말이 없을 리 없었다. 내세워 바람에 펄럭이게 하지 못할 인연이었기에 쓸 수가 없을 뿐이었다.

상여가 들길로 들어서고 난 뒤, 잰 발걸음 소리가 뒤에서 다가오는 느낌이더니 어느새 가쁜 숨소리가 바로 곁에서 가다듬어지고 있었다. 망인 생각에 붙잡혀 눈길을 건성 보냈지만 아는 얼굴은 아닌 것 같았다. 그래도 뭔가 끌리는 구석이 있어 다시 고개를 돌리니 키 작은 사내 역시 그의 눈길을 찾고 있었다.

"저, 옥입니다."

양복차림 위에 잠바를 걸친 중년은 옥구열이었다. 안경 너머의 눈빛이 여전히 형형했다.

"아, 자넨가!"

반가움에 그는 말부터 놓아 버렸다. 참으로 뜻밖이었다. 한용범의 걸음과 비슷하게 걷던 몇 사람이 옥구열을 돌아보았지만 서로 면이 없는지 인사를 나누지는 않았다.

"발인이라도 볼까 하고 뛰어왔는데 한걸음 늦었네예. 어제 집안 제사가 있어 마산 왔다가 소식 들었습니다."

"바쁜 걸음 하셨네."

"괜찮습니다. 올따라 날씨가 차네요. 건강은 좋으십니까?"

두 사람은 자연 걸음이 뒤처지고 있었다.

"그럼요. 부산에 그대로 사시지?"

"예. 선걸음에 바로 내려가야죠. 투표 날이니까……."

"그렇지……."

나처럼 자네도 투표에 빠질 수는 없지. 그때 옥구열이 그의 왼쪽 손을 가만히 잡았다 놓았다. 갑작스럽기는 했지만 어색하지는 않았다. 옥구열의 손이 차갑고 거칠다는 것은 문제가 아니었다. 그건 어떤 말로도 할 수 없는 그간의 모든 인사를 한꺼번에 대신하고 있었다. 정말 반갑습니다. 여전히 그렇게 삽니다.

"오늘 여기 오면 틀림없이 뵐 거고, 고인도 좋아하실 낍니다."

한용범은 집에서 감나무의 까치밥을 두고 가졌던 서운한 마음이 싹 가시는 기분이었다. 까치를 보고 싱겁다 했던 생각도 그제야 났다.

"이런 날 만나게 되어 있는 거지."

두 사람은 싱긋 웃으며 다시 한 번 눈길을 마주쳤다. 한용범과 옥구열은 5·16쿠데타 직후 '혁명재판'에 넘겨진 뒤로 처음 만나는 것이었다. 신문과 재판을 받는 동안에도 두 사람은 이렇게 깊은 눈길을 주고받는 것으로 할 말을 다 했었다. 10년 만에 만났으면서도 두 사람이 그 세월을 입 밖에 내어 헤아리지 못하는 것은 사찰 제도에 묶여 있는 처지이기 때문이었다.

"참, 수가 어찌 됩니까?"

"예순일곱이라더군. 몇 년 전부터 당뇨로 고생을 하긴 했는데 이렇게 빨리 가실 줄은 몰랐지."

"그렇네예."

잠시 뒤 옥구열이 목소리를 낮추며 말했다.

"부고 받고 상심이 컸겠습니다."

고인과의 사연을 아는 이들로부터 몇 번 들어본 위로였지만 한용범은 얼른 대꾸를 하지 못했다. 누구나 할 수 있는 말이라

해도 누가 하느냐에 따라 느낌과 무게가 달라지는 게 말의 이치인지, 옥구열의 위로가 각별하게 다가왔던 것이다. 한용범은 눈을 들어 잠시 하늘을 보았다. 상여 뒤를 따르는 만장이 바람에 펄럭였다.

"만장을 못 썼어."

"네에……."

옥구열이 침묵 뒤에 말했다.

"그게 낫지예. 바람에 걸지 않아도, 하고 싶은 말 내놓고 안 해도 고인이 다 알고 있을 겁니다."

"고맙소. 그래, 요즘은 어떻게 사시나?"

한용범이 화제를 돌렸다.

"인편으로 어쩌다 소식을 들을 수밖에 없으니 답답한 노릇이지."

한용범은 몇 가지라도 확인해 두고 싶었다. 언제 또 만날지 기약이 없기도 하지만 그들은 할 말이 있으면 주어진 시간에 미리 해 두어야 한다는 것을 알고 있는 사람들이기도 했다.

"여기저기 옮겨 다니다 지금은 수정시장에서 장사합니다. 힘은 들지만 잘 버티고 있습니다."

옥구열의 뒷말에는 힘이 들어 있었다.

"그래야지요, 그래야지……."

한용범이 뭐라 할 말을 찾고 있는데 옥구열이 덧붙였다.

"새꼬롬한 날씨 보이, 올 겨울은 길고도 많이 춥겠습니다. 나중에 따로 인사 못 드리고 떠나더라도 읍장님, 내내 건강하십시오."

참으로 오랜만에 들어 보는 읍장 소리였다. 그러나 한용범은 감회에 젖을 사이가 없었다. 옥구열은 오늘의 유신헌법 찬반투표가 영구적인 독재체재로 가는 첫걸음이라는 말을 하고 있었다. 박 대통령이 현행 직선제하에서는 더 이상 출마할 수 없기에 헌법 개정을 통해 대통령을 계속하겠다는 속셈이라는 것은 어지간한 식자층이라면 모두가 알고 있었다. 남북의 최고 권력자 모두 분단으로 인한 긴장을 이용해 1인 장기독재체제를 굳히고 있다는 점에서는 다를 바가 없었다.

"삼선개헌 하는 거 보고 가슴이 내려앉았는데 이젠 더 내려앉을 가슴도 없게 됐어."

"그렇지예. 이제부터는 호랑이 등에 올라탄 격이니 더 무섭지예."

그들은 귀를 울리는 골바람 속에서도 목소리를 낮추었다. 옥구열이 덧붙였다.

"그래도 말입니다. 어쨌거나 건강하셔야 합니다. 그래야 언젠가 좋은 세월 보실 거 아입니까."

한용범이 고개를 끄덕이며 옥구열의 뒷말을 곱씹고 있을 때, 몇 걸음 앞서 가던 문상객들이 걸음을 늦추었다.

"인자 시작이네."

"다리를 그냥 건널 수야 있나, 개울 하나가 저세상에선 천리길인데."

그러고 보니 상여소리가 높아지고 있었다. 상여가 개울 다리 위에서 앞으로 나갔다가 뒤로 되밀리기를 거듭하고 있었다. 다리를 건너려면 상주들이 노잣돈을 좀 더 내어 놓아야 할 것이었다.

"저 사람, 박대순이죠?"

옥구열이 상여꾼 앞에 나선 백관들 중에서도 유난히 눈에 띄게 설치는 사람을 두고 말했다.

"그렇군."

두 사람은 상여를 외면하고 가까이 다가온 고인의 선산을 바라보았다. 잠시 뒤 상여가 움직이기 시작했다. 두 사람은 앞사람들과의 거리를 헤아리며 걸음을 옮겼다. 새침한 하늘 아래 까마귀 몇 마리가 산자락을 맴돌았다.

옥구열은 장지에서 조문을 하고는 그 자리에서 바로 떠났다. 산을 바삐 내려가는 그에게 눈길을 두고 있는 상주는 망자의 재종동생 박대순일 것이었다. 산역을 하는 동안 손님들에게 술과 음식을 내느라 어수선한 산 아래 길에서 한용범은 그런 광경을 한눈으로 일별할 수 있었다. 그는 산모퉁이를 돌아가는 옥구열의 뒷모습을 쫓지 않았다. 옥구열이 제 말대로 인사를 하지 못하고 떠난 것처럼 그 역시 옥구열을 굳이 배웅할 필요는 없었다.

어쩔 수 없이 두 사람은 오늘 제각기 헤아릴 게 있었고, 그 긴 기억의 선로 어느 지점에서 만나게 되어 있었다. 옥구열은 시외버스나 열차를 타고 부산으로 가면서, 한용범은 또 자기대로 집으로 돌아가는 동안 생각할 것이었다. 살면서 무슨 기억이든 계기만 되면 떠오를 수는 있겠지만 입술을 자근자근 깨물며 집중할 시간은 그렇게 자주 오지 않는다. 그런데 오늘은 달랐다. 망인인 박대호가 국민투표 날 두 사람을 만나게 했다는 것부터가 특별났다.

1950년 전쟁 때 당한 고통을 도저히 씻을 수 없는 사람들이 있었다. 그들의 고초는 결코 남에게 내세울 수 없는 것인 데다, 아직도 진행 중이기에 기억은 더욱 생생할 수밖에 없다. 한용범은 찬바람 속에 몸이 어슬해 옴을 느끼면서, 지금보다 몇 백 배 오장육부와 머릿속이 새파랗게 떨려 왔던 그 여름을 향해 걸어 들어갔다.

그
해
여
름

1950

첩보대 주둔과 대진 인사들

전쟁이 일어난 뒤 대진읍에 처음 들어온 군부대는 일반적으로 해군첩보대라 불리는 G-2(진해통제부 정보참모실) 파견대였다. CIC(특무대)가 아닌 해군첩보대가 들어온 걸 두고 사람들은 통제부가 있는 진해와 대진이 가깝기 때문이라고 지레짐작들을 했다. 파견대장은 권혁 중사였고 대원은 열두 명으로 읍사무소에서 관리하는 부속건물을 썼다. 일제 때 농지정리나 수리시설 공사를 감독하던 일본인들의 숙소와 창고로 쓰던 건물을 해방 뒤에는 농민조합 사무실, 야학당, 읍사무소 직원들 사택 등 여러 용도로 사용하고 있었다.

주둔 다음 날 권혁은 읍사무소 2층 회의실에서 읍내 행정관계자와 치안관계자들을 만났다. 읍장과 부읍장, 지서 주임과 청년방위대장, 의용경찰대장까지 다섯 명이었다. 읍장의 소개로 인사를 나눈 뒤 그는 지서 주임으로부터 대진읍의 불순분자 처리와 동향, 국민보도연맹 가입자 동향에 대한 설명을 들었다. 풀까지 빳빳하게 먹여 주름이 잘 잡힌 지서 주임의 흰 저고리 깃에는 무궁화 하나가 달려 있었다. 대부분의 지서장들처럼 경사가 아니라 경위 계급장을 달고 있다는 것은 그만큼 대진지서의 규모가 크다는 소리였다.

대진읍도 6월 25일과 29일, 내무부 치안국에서 내려진 '전국 요시찰인 단속 및 전국 형무소 경비의 건'과 '불순분자 구속의 건'에 따라 40여 명을 구금하고 있었다.

"숫자는 날마다 늘고 있습니다."

말을 아끼는 듯 매우 간명하게 설명을 마친 주임이 덧붙였다.

"그렇겠지요. 그중에는 보련 회원도 있습니까?"

권혁은 국민보도연맹 회원 전체에 대한 별도의 소집이나 구금 지시는 아직 없는 걸로 알고 있었다.

"그렇죠."

권혁은 숫자까지 들먹이기를 기다리고 있었지만 주임은 입을 다물었다.

"몇 명입니까?"

"반은 안 되고, 그게 사실 구분이 쉽지 않습니다. 나중에 명단을 보면 알겠지만 기소 중지된 놈, 집행유예로 나온 놈, 출감한 놈들하고 보련 놈들이 서로 뒤섞여 있으니 복잡해요."

"대진에 보련 수가 많지요?"

"일제 때부터 소작쟁의가 심했던 곳이라 좌익 놈들이 많았심다."

주임 대신 읍장이 나섰다.

"다른 곳도 그렇겠지만, 일제 때 치안유지법 위반한 놈들, 그 놈들 대부분이 빨갱이 아입니까. 그래도 우리 주임이 이곳 사정은 훤한 데다, 군대까지 왔으이 인자 마음이 놓입니다."

나이에 비해 머리숱이 많이 빠져 보이는 읍장은 이야기를 하는 동안 몇 번이나 콧물을 훔쳤다. 권혁은 처음부터 너무 딱딱하게 군다는 느낌을 주기 싫어 시선을 돌렸다.

"의용경찰대장님이 제일 바쁘신 것 같습니다. 얼굴이 검게 타신 거 보니."

"네, 열심히 하고 있습니다!"

의용경찰대장이 기합 든 군인처럼 답했다. 옷만 바꾸어 입혀 논에 내놓으면 그냥 농사꾼 같은 인상이었지만 이런 읍에서 의용경찰대장 자리를 차고 앉았다는 건 눈에 보이지 않는 무언가가 있다는 소리였다.

권혁은 그냥 편안한 눈길만 다시 한 번 주고는 "청방대는 어떻습니까?" 하고 말머리를 돌렸다. 계급장 없이 이름표만 달린 군복을 입고 앉아 있던 청년방위대장은 키도 크고 용모도 준수한 편이었다. 그는 청년방위대가 마을 단위로 조직되어 있으며 인원은 군 입대가 계속되고 있어 매우 유동적이라면서도 이틀 전의 숫자까지 정확하게 외웠다.

"그중 20명을 상시근무자로 해서 읍사무소와 지서 등 주요 시설 경계를 세우고 있는데, 첩보대에도 몇 명 보내겠습니다."

"그래야지, 보초도 서고 청소도 하고 빨래도 해야지."

읍장이 고개를 끄덕이며 말을 이었다.

"우리 김 대장이 일제 때 정규군 출신입니다. 그라고 대청 단장을 겸하고 있어 우리 읍의 든든한 재목입니다."

"네에, 중요한 직책을 맡고 계시는군요."

권혁은 민보단(民保團)은? 하고 생각하다 내놓고 할 이야기가 아닌 것 같아 나중에 주임에게 따로 물어보기로 했다.

준군사조직인 청년방위대는 마을 자체 경비를 주 임무로 하면서 필요에 따라서는 정규군의 작전을 돕는다는 목적으로 설치되었는데, 김 대장이라는 사람처럼 주로 일본군에 복무한 자들이 간부가 되었다. 더구나 그는 대한청년단 단장을 겸하고 있다고 하니 끗발이 보통이 아닌 셈이었다.

한청이나 대청으로 불리는 대한청년단은 민보단과 같이 1948년 좌익에 맞서면서 정권을 강화하기 위해 만든 조직이었다. 민보단이 동 단위로 이름깨나 있는 사람들을 앞세우고 실제로는 경찰을 보조하는 비밀조직이라면, 읍 단위에 지부가 설치된 대한청년단은 정치적 색깔이 짙고 조직이 바깥으로 노출되었다는 점에서 달랐다. 전쟁이 나자 두 단체의 간부들은 나이나 경력에 따라 방위대나 의용경찰대에 편입되는 경우가 많았다.

열어 놓은 창문 밖으로 매미가 쉬지 않고 울어 대고 부채질을 해도 등에 땀이 나고 있었다.

"그 외 다른 조직이나 위원회가 있습니까?"

권혁으로서는 오늘 공식적인 자리에서 그 정도는 파악해 두어야 했다.

"아, 그런 건 아직 없심니다. 근데……."

읍장이 권혁을 바라보았다.

"무얼 만들어야 되지 않겠냐, 하는 말들은 나오고 있심니다. 국가가 지금 절체절명의 비상상태고 권 대장님 부대같이 군이 들어오고, 앞으로 군관민이 서로 협조하면서 일사분란하게 움직여야 하지 않겠냐, 그런 말들이 국민회 쪽에서 나오고 있심니다."

권혁은 "아, 국민회……." 하면서 고개를 끄덕였다. 국민회는 이승만 대통령을 지지하는 준정치조직으로 우익 유지들 대다수가 회원으로 가입되어 있었다.

그 뒤로 이런저런 이야기가 잠시 오갔지만 대진읍은 읍 자체의 치안조직에 의해 질서가 잘 유지되고 있다는 것, 거기다 군이 왔으니 다행이라는 게 결론이었다. 정규 국군은 물론, 백골부대나 호림부대 같은 외부 비정규군이 들어오지 않은 상태에서 대진은 자체 방위와 좌익 색출이 이루어지고 있었다. 다시 말해 읍민들을 가장 잘 아는 사람들이 읍을 장악하고 있다는 소리였다.

말과 표정을 아끼면서 권혁은 지금까지 들은 이야기를 정리하고 자신의 위치를 챙겨 보았다. 지서 주임이 이곳 출신이라 광복 전후의 좌익 사정을 환히 꿰고 있다든지, 방위대 대장이 전투경험 있는 일본군 출신이라 읍이 안전하다든지 하는 읍장의 말은 그로서는 듣기 불편할 수도 있었다. 규모에 관계없이 자기가 처음 들어온 군부대라는 걸 생각한다면, 우리끼리 잘 하고 있는데 군이 들어와서 불편하다거나 여기서 할 일이 별로 없을 거라는 암시일 수도 있었다. 진해 본부에서 대진이 텃세가 센 동네라는 말을 듣고 온 터라 그는 여러모로 신경이 쓰였다.

"뭐 또 물어보실 기 있십니까?"

읍장이 의자에서 몸을 앞으로 당기며 권혁을 바라보자 다른 시선들도 그에게로 쏠렸다.

"읍의 치안과 방위대 소집이 양호하다니 다행입니다. 대진읍에 좌익분자는 물론 오열이 발붙이지 못하도록 군은 최선을 다 하겠습니다. 여러분들의 적극적인 협조를 당부드립니다."

그의 인사가 끝나자 그동안 입을 닫고 있던 부읍장이란 사람이 나섰다.

"어 또, 권 대장님도 그렇고 우리 모두 바쁜 형편이니, 따로 날 잡을 것 없이 바로 오늘 저녁에 환영회를 가졌으몬 합니다."

부읍장은 '바로'라는 말에 힘을 잔뜩 주었다.

"그러지, 그게 좋겠네. 내가 감기 땜에 참석 못하는 걸 십분 이해해 주시고."

읍장이 손수건을 꺼내 다시 코를 훔치며 말했다. 권혁으로서도 어차피 한 번은 가질 자리기에 좋다고 했다.

사람들이 자리에서 일어나 밖으로 나갈 때 부읍장이 다가와 "여기서 다 못 들은 얘기를 거기서 들을 수 있을 깁니다."라고 제법 은근하게 말했다. 회식 이야기 말고는 무료한 듯 자리를 지키고 앉아 두 번이나 은단통을 열어 입에 털어 넣던 사람이라 다소 의아했지만 권혁은 아무 대꾸도 하지 않았다. 싸한 은단 냄새와 함께 박대순이라는 그의 이름이 떠올랐다. 가까이서 보니 박대순은 아이들이 놀라거나 호기심을 보일 때처럼 동그란 눈을 하고 있었다.

여주인 별호를 따라 경도(京都)집으로 불리기도 한다는 미성옥은 읍에서 제일 괜찮은 식당이었다. 지서 주임과 부읍장, 방위대장, 그리고 '대진읍 방위후원회' 회장과 부회장이라고 소개된 두 사람과 금융조합장이란 자들이 방석을 차지했다. 후원회 회장과 부회장을 맡고 있다는 둘은 돈 많은 유지일 것이 뻔했다. 사회자가 된 부읍장이 양조장과 정미소를 운영한다고 덧붙였다.

"이제 방위후원회 회장님이 한마디 인사를 하셔야지요."

부읍장의 말에 양조장을 한다는 회장이 "자, 잔을 먼저 채웁시다."라면서 권혁의 잔에 술을 먼저 따랐다. 그리고 잔이 다 찬 것을 확인한 뒤 소리쳤다.

"에 또, 우리 대진읍에 들어온 첫 군부대 대장인 권 대장님을 환영합니다. 우리 후원회가 첩보대의 후생 복지는 무조건 책임지겠십니다. 이상, 건배!"

박수 끝에 부읍장이 "부회장님도 한마디 하시야지." 하고 정미소 사장에게 눈길을 주었다.

그는 "인사는 우리 회장이 하셨고, 나는 우리 대장님 불편하지 않도록 모든 책임을 지겠다, 이 말만 하면 되겠소."라고 운을 뗐다.

"원래, 장군하고 쫄병하고는 오줌도 같이 안 누는 법인데 그 비잡은 데서 삐댈 수 있겠십니꺼. 지가 동서한테 벌써 이야기해서 조용하고 깨끗한 거처를 준비했십니다."

권혁이 처음 듣는 소리라는 표정을 짓자 박대순이 둥근 눈동자를 굴리며 입을 열었다.

"읍장님과 미리 의논해 둔 깁니다. 하루이틀도 아이고 잠자리가 편해야 하지 않겠습니까."

틀린 말은 아니었다. 권혁은 "여러모로 신경 써 주셔서 고맙습니다."라고 인사치레를 했다.

"부회장님이 오늘 밤부터 권 대장님 편히 주무시게 조처하도록 하고, 인자 술이나 들면서 천천히 다른 얘길 합시다."

부읍장의 말을 받아 정미소 사장이 나섰다.

"전시에 다른 이야기가 딴 기 있나, 권 대장님께 일하실 수 있게 정확한 정보를 주는 기지."

읍사무소에서 부읍장 박대순이 말했던 '다 못 들은' 이야기가 벌써 나오나 하고 권혁은 생각했다.

"우리 읍의 좌익놈들 역사에 대해 설명을 자세히 디리야 대장님 업무가 수월치. 안 그렇습니꺼, 대장님?"

부회장이란 자가 권혁을 보면서 덧붙였다. 그가 "네에, 그렇지요."라면서 고개를 끄덕이자, "우리 부회장님이 성질도 급하지만 그만치 딱 뿌라지는 사람임다."라고 금융조합장이 거들었다.

그 자리에서 권혁 중사가 들은 읍의 좌익 현황은 대충 다음과 같았다.

대진읍은 본래 군(郡)의 서북부 끝 지점에 위치해 있는 면(面)이었지만 철도가 들어오고부터 일본인과 외지인들이 많이 들어와 인구가 크게 늘면서 읍으로 승격했다. 들이 넓어 일본인 대농장이 설치되면서부터 소작쟁의가 그치질 않았다. 좌익이 발붙인 것은 당연히 소작쟁의 때문이었는데 특히 공부깨나 했다는 외지 놈들이 농민들을 자극하여 충돌이 일어나도록 부추겼고, 교육사업입네 하며 야학 등을 열고 좌익사상을 불어넣었다. 소작인회와 청년회 외에 이런저런 이름의 불온단체들도 일찌감치 조직되었다.

해방 후 인민위원회가 도(道) 전체에서 세 번짼가 만들어져 제헌 국회의원을 뽑는 1948년 5·10선거 때까지 맹렬하게 위세를 떨쳤다. 정부수립 후에도 야산대로 변한 빨갱이들이 출몰하여 철도를 위협할 정도로 좌익의 뿌리가 깊은 곳이었다.

이야기의 반 이상을 이끌어 간 사람은 부읍장 박대순이었다. 읍장실에서 가졌던 대면식 자리와는 아주 딴판이었다. 혈색 좋은 얼굴에 앞이마가 훌떡 벗겨져 정력이 넘쳐 보이는 그는 입담까지 좋았다. 마무리를 그는 이렇게 지었다.

"그러이, 결국 파견대장님 할 일이 많은 곳이라는 의미지예. 그라고 또 하나 알아 두실 건 보도연맹 가입과 상관없이 식자층 놈들 중에 빨간 물 든 놈들이 적잖다는 깁니다. 그건 내일이라도 우리 주임님이 알려 드릴 깁니다만, 아는 안면에다 읍민들 눈도 있고 해서 어디 지서에서도 마음대로 족칠 수가 있어야죠. 우리 이 주임님이 저렇게 입은 다물고 있어도 맘이 많이 답답할 깁니다."

읍장실에서 권혁이 다 못 들었다는 이야기가 본격적으로 나오고 있었다.

"군이 왔으이 뿌리부터 한번 캐내 봐야지요."

마지못한 듯 지서장 이주호가 한마디 했다. 파견 나오기 전 권혁은 대진 지서에 대해 들은 말이 있었다. Y서(署) 관내에서 물이 좋기로 소문난 곳이라는 것과 지서장 자리는 본서의 시시한 주임 자리하고도 바꾸지 않을 정도로 끗발이 좋다는 이야기였다. 그렇지만 말을 아끼고 앉아 있는 이주호는 겉으로 보기에는 아주 평범해 보이는 인물이었다.

"야밤중에 졸업식 하는 목사 패거리부터가 의심스럽지. 또 누구는, 그 뭐, 성만 대도 읍 아이라 군에서도 다 알 끼고……."

깨끗한 모시 적삼을 풍채 나게 입고 연신 부채질을 해 대는 회장의 말이었다. 권혁이 무슨 소린가 하고 좌중을 둘러보자 방위대장 김기환이 나섰다.

"이제 막 부임한 분이 누가 누군지를 어찌 알겠습니까. 이야기를 하나하나 차근차근 하셔야지요. 차차 알게 되겠지만, 학교 세우고 교장선생님 하는, 좀 별난 목사님이 한 분 계십니다. 신자들

중에는 정치에 관심 있는 사람들도 몇 있고요."

그의 말이 물꼬를 텄다.

"목사님은 무슨, 그냥 목사지. 우쨌거나 우리 주임이 손보기 거북한 그런 자들, 이름만 대면 읍에서 다 아는 몇이 안 있나…… 그런 자들부텀 우리 파견대장님이 한번 물고 들어가 보셔야지."

"하모, 하모, 원래 뿌리를 모르는 외지 놈들은 백 번이고 천 번이고 의심해도 모자라지 않다카이!"

"그 와, 일제 때 여기서 소학교 접장 하다 간 백 선생이란 놈, 점잖게 생기무 가지고는, 그래 대구 폭동 때 나서다 죽었다 안 카던가베. 빨갱이가 본래 표도 안 나지만서도 바깥에서 들어온 것들은 집안 내력부터 알 수가 없으이 더 그런 기라."

권혁은 오가는 이야기를 듣기만 할 뿐, 목사 외에 지서 주임이 손대기 어렵다는 자들이나 성만 대도 이 바닥에서 다 안다는 사람이 누군지 묻지 않았다. 모두들 입이 간지러운 걸 보면 얼마 뒤 절로 알게 될 것이었다. 어쨌든 이 사람들이 거의 내놓고 의심하는 집단이 있음은 확실했다. 그는 같은 소리가 지겨워 한마디 쏘아 주었다.

"나도 외지 사람 아닌가요?"

"어어, 무신 큰일 날 말씀입니껴."

"그런 뜻이 아이고……."

황급한 소리들이 터져 나왔다.

"오신 지 며칠 되도 않는 대장님한테 자꾸 골치 아푼 이야기만 떠안기몬 되는가, 인자 지집들이나 불러들입시다. 오늘 저녁은 명색이 환영회 아닌가베. 이봐라, 경도댁!"

그제야 자기 역할을 다시 찾았다는 듯이 회장이 박수를 딱딱 치며 분위기를 한 장 접었다.

권혁이 한용범의 이름을 처음 들은 것은 다음 날 지서 주임의 입을 통해서였다. 두 사람이 맨 처음 주고받은 수인사는 전국으로 확대된 계엄령 소식이었다. 그러나 대진은 이미 계엄하였기에 그게 인사말 이상이 될 수 없어 곧 본론인 대진읍 좌익분자들에 대한 구체적인 이야기로 넘어갔다. 주임이 바지 혁대에 매단 열쇠고리를 끌러 서랍을 열고는 책상 위에 서류철 하나를 올려놓았다. 세로로 된 까만 표지에 〈부역자 명부〉라고 쓰여 있고 그 밑에는 작은 글씨로 '보도연맹부'라고 부기해 놓은 서류철이었다.

빨간 줄이 그어진 인찰지는 성명, 본적, 주소, 생년월일, 성별, 비고란으로 나누어져 있었는데 비고란에 '보련원', '불순분자', '만기출옥자', '집행유예자', '중간 좌경인물' 등으로 대상자에 대한 특이사항이 명기되어 있었다.

"양심서는 본서에 있겠군요?"

보련가입자들은 양심서라고도 불리는 가입원서를 쓰게 되어 있었다. 본적, 주소, 가맹동기, 현재의 심경, 앞으로의 각오, 자기반성, 주위환경 등을 자필로 간단하게 기재하는 양식이었다. 그

걸 보아야 보련원들의 전력 등을 제대로 알 수 있었다.

"보련 놈들도 양심서를 다 쓴 건 아닙니다. 명단 올리는 게 급했으니."

"지서 단위치고는 숫자가 많군요. 지서에서 갖고 있는 건 보고 자료지요?"

"그렇다고 할 수 있지요. 보련은 군 단위 명부가 따로 본서에 있고……."

명부에는 까만 줄을 그어 제외시킨 이름들도 있었지만 비고란에 다른 설명은 없었다. 권혁은 이 친구들이 명단을 갖고 장난을 치는구나 싶었지만 내색은 하지 않았다.

"구금자 가운데는 다른 지서에서 넘어온 자들도 얼마 있어요. 관할이 다른 지서 하나도 이쪽으로 보내고. 본서보다 여기가 가까운 데다 창고가 크니까……. 곧 소집 구금 명령이 내려올 건데 지 발로 다 걸어올지 그것도 걱정이고, 잡아들일 놈들도 아직 남아 있고……. 첩보대에서 많이 도와주세요."

"그래야지요, 그럴려고 왔는데. 근데 곧 보련원들 전원 구금이 있을 거라고 본서에서 그랬어요?"

권혁은 군보다 경찰 쪽이 더 빠른 정보를 갖고 있나 싶어 조금 의아한 생각이 들었다.

"그, 내가 한 말요? 전쟁이 만만찮은데 그냥 명부나 주무르고 앉아 있겠어요? 세상이 바뀌면 바로 만세 부를 놈들인데."

권혁이 잠시 생각하는 표정이더니 "그냥 두고 전쟁을 할 수야 없지요."라고 말했다. 그의 목소리는 아주 딱딱했다.

"그나저나 일이 많은 데군요."

그는 업무 쪽으로 화제를 돌렸다.

"그래도 손바닥 안입니다. 문제는, 명부에 오른 이놈들이 아니고 회색, 의심분자들이라요."

주임은 서류철을 한 번 들었다 놓으며 말했다.

"어제 미성옥에서 들으신 대로 그런 놈들일수록 방귀깨나 뀌는 유지란 말임다. 진짜 우리가 골치 아픈 거는 보련 놈들이 아니라 그놈들이라요."

권혁은 구체적인 말이 나오길 기다렸다. 어제부터 들은 모든 이야기의 핵심도 의심분자들이었다. 군이 온다는 소리를 듣고는 아예 일거리를 만들어 두었는지도 모를 일이었다.

주임이 머뭇거리는 듯하면서 서랍에서 따로 얇은 서류철 한 권과 서류 한 장을 내밀었다. 서류철 제목은 〈중간파(회색분자) 명부〉였다. 권혁은 거기서 회식 자리에서 이름이 몇 번이고 오르던 목사의 이름을 볼 수 있었다.

"우선 한용범이부터 족쳐 보는 게 어떨까 싶네요."

그가 따로 내민 종이에는 한용범이란 자의 이력, 광복 후 가입 단체와 활동, 정치성향, 대진읍의 친우관계 등이 간략하게 쓰여 있었다. 권혁은 회식 자리에서 모두들 입에 넣고 우물거린 이름 중의 하나가 바로 이 자였구나 싶었다. 목사처럼 첫 장에 이름이 올라 있었다.

"이거 갖고야 어디."

직업란에 농사라고 적힌 걸 보며 권혁이 말했다. 주임이 기다렸다는 듯이 받았다.

"혹시 권 대장, 배정식 수장사건 알아요?"

"글쎄요."

"하긴 미군정이 막 시작됐을 때니까……. 어쨌든 그 일에 이 한용범이가 뭘 했는지만 알아내면 일은 끝난 거지요."

해군 창설 때 군에 입문한 그로서는 해방 직후의 통제부 일에 대해서는 들은 이야기가 별로 없었다.

"이 친구한테는 이게 있어요."

주임은 그제야 서랍의 서류 봉투 속에서 종이 한 장을 찾아냈다. 금방 꺼내는 걸로 보아 미리 준비해 둔 모양이었다. 권혁이 건네받은 것은 서류양식도 아무것도 아닌 그냥 종이 한 장이었다. '반성문–본인은 광복 이후 적극적으로 건국 일선에 나서지 못한 데다 배정식 수장사건 진상위원회 일로 관계당국에 심려를 끼친 점, 반성합니다. 한용범.'

"재미있어 보이는데요."

권혁은 짤막하면서도 함축적인 문구를 다시 읽어 보았다.

"날짜는 보도연맹 지부 결성할 무렵이겠는데?"

작성 날짜가 작년 11월 말경이었다.

"그게 군 지부 준비위원회 만들 땐데, 하도 버티니 이 정도로 넘어간 거죠."

권혁은 반성문을 탁자 위에 내려놓았다. 주임은 책상 한쪽의 부채를 들고 부쳐 댔다. 후터분한 더위가 두 사람의 침묵으로 되살아났다. 둘이 앉아 있는 동안 순경 하나가 급한 일인 듯 한 차례 문을 열었지만 주임은 쳐다보지도 않고 손을 흔들어 내쫓았다.

　　"양심서를 쓸 자가 반성문을 썼다는 소린데…… 지금은 뭐해요? 대학 다닌 사람이 서울이나 부산으로 안 나가고."

　　"지 애비가 지주다 보니 일제 때 유학도 가고 교육사업이네 뭐네 하며 유지 노릇이나 하는 겁니다. 우리가 볼 때는 분명 목사처럼 빨갱인데, 워낙 이름이 알려져 있으니 손을 못 대고 있는 거죠. 그리고 또 하나 아시야 될 게, 초대 국회위원 선거 때 무소속 하나하고 국민회, 그렇게 둘 중 하나가 될 판이었는데 무소속을 지지했어요. 국민회 후보는 일제 때 관직에 있었다고 친일파라나? 그게 바로 좌익놈들 논리 아니오?"

　　그러고는 주임은 말을 너무 많이 했다는 듯이 다시 입을 닫아 버렸다.

　　권혁은 목사에게는 관심이 가지 않았다. 그에 대해 주임이 먼저 입을 열지 않는 이상 자기도 더 알 필요는 없었다. 주임이 다시 느릿하게 부채질을 시작하는 걸 보고 권혁은 "생각해 봅시다. 이건 일단 내가 갖고 가겠습니다."라고 말하면서 한용범의 첩보서와 자필 반성문을 챙겼다.

　　권혁은 지서에서 손을 대지 못하고 있는 자들을 자기가 맡아

주었으면 하는, 첫날 회식자리의 노골적인 분위기가 신경 쓰였다. 전쟁이 난 뒤 그의 부대가 들어올 때까지 일주일이나 시간이 있었는데도 경찰이 손을 대지 않았다는 것은 딱히 입증할 게 없거나 상대방이 만만치 않다는 의미밖에 되지 않았다. 유지라는 말은 곧 읍민들에게 주목을 받는 대상이라는 뜻이기도 했다. 하지만 그런 놈들이라 해서 빨간 물이 들지 않았다는 보장은 없었다. 오히려 일제 때 그쪽 사상에 심취한 놈들 대부분은 지주층에다 먹물 든 놈들이었다. '물건'을 한번 만들어 볼까. 첩보대로 걸어가는 권혁의 머리는 뜨겁게 달아올랐다.

첫 처형

며칠 뒤 오후, 권혁은 지서로 갔다. 지서 주임 이주호는 책상 위에 서류철을 늘어놓고 있었다.

"명단을 뽑고 있습니다."

"네에."

권혁은 접대용 소파에 앉았다. 잠시 뒤 이주호가 서류철을 들고 맞은편에 앉더니 종이 한 장을 내밀었다.

"한번 보시지요."

그가 내민 종이에는 이름이 두 줄로 빽빽하게 적혀 있었다. 권혁은 긴장된 눈길로 명단을 먼저 일별했다. 그리고는 조금 여유 있는 손길로 서류철을 뒤지며 명단과 대조를 해 나갔다. 보련원을 포함한 불순분자들은 좌익 활동의 경중에 따라 갑(甲)과 을(乙)로 분류되어 있었는데 주임이 내민 명단의 이름들은 대부분 갑인 자들이었다.

주임이 뽑고 권혁이 확인하고 있는 명단은 오전 일찍 지서와 첩보대로 내려온 상부 명령에 따른 것이었다. 전통이라고 부르는, 전화로 내려진 지시는 간명했다. '불순분자 처리 후 보고.' 권혁의 손에 들린 이름들은 오늘밤 처리대상자들이었다.

"44명이군요."

서류철을 덮으며 권혁이 말했다. 이주호가 무슨 말인지 하는 눈빛을 보냈다.

"너무 많은가요?"

"서너 번은 해야겠군요. 허허, 숫자가 재밌는 건지 불길한 건지 모르겠네……."

"뽑다 보니 그리 된 건데, 죽을 놈들 명이 정해져 있는 건지……."

그들은 넉 사(四) 자와 죽을 사(死) 자를 두고 잠시 농담을 주고받았다.

"장소는 정했습니까?"

권혁은 벽 한쪽에 붙어 있는 일제시대의 관내 지도와 군 전체 지도를 바라보며 말했다.

"그게……."

주임이 몸을 일으키려는 걸 권혁이 가볍게 손을 저어 말렸다.

"그냥 말씀만 해도 되지요. 이곳 지형이야 주임님이 훤하실 텐데."

"고개가 나을 성싶어 박고개란 델 몇 명 보내 찾아보도록 했는데, 인가도 멀고 골짜기가 깊습니다. 한 삼십 분 걸릴라나."

"우리 애들 몇이도 현장에 먼저 가 있어야겠네요. 그럼 나중에 봅시다, 참."

권혁이 일어서다 다시 자리에 주저앉았다.

"구금자 중에 문긍채라는 사람이 있지요?"

권혁이 탁자 한쪽에 모아둔 서류철을 흘깃 살피며 말했다.

"문긍채? 있지요."

머릿속에 명단이 다 들어 있는지 이주호가 바로 대답했다. 그리고는 무슨 일이냐고 권혁에게 눈을 맞추었다.

"진해에 있는 동기가 좀 알아봐 달라는데……."

권혁은 목소리를 낮추었다.

이주호는 이것 봐라, 싶었지만 표정은 무덤덤했다.

"그런 부탁이야 받을 수도 있는 거지요."

이주호가 쉽게 받아넘겼다.

"의논을 해 보겠다고, 그렇게 말해 두었어요."

권혁은 거기까지 말하고 입을 다물었다. 처음 자리에 앉아 주임이 건넨 명단을 찬찬히 살폈던 건 문긍채라는 사람 때문이었다.

권혁에게 손님이 찾아온 건 어젯밤이었다. 회식자리에서 권한 대로 그는 하숙을 방위후원회 부회장의 손위 동서 집으로 정했다. 회갑을 올봄에 치렀다는 주인영감 내외는 생활도 넉넉한 데다 출가한 자식들도 모두 부산이나 마산으로 나가 있어 지내기에 여러모로 편했다. 늦은 저녁을 먹고 방을 얻어 있는 집으로 가니 식모애가 손님이 와 있다고 말했다. 고개를 마당 쪽으로 돌리는데 빈 외양간 옆에서 작은 손가방을 든 양복 차림의 장년 남자가 나왔다. 주인 내외는 기척도 없고 식모애도 제 방으로 들어가 버려 마당에는 두 사람만 서 있었다.

"탁 중사님이 찾아보라 캐서 왔심니다."

"방으로 들어갑시다."

하루 전날, 본부 작전참모실에 근무하는 탁동길 중사가 대진에 왔다. 진해와 부산을 오가는 차편이 지프차든 트럭이든 하루에 서너 번은 있었다.

"보직이 바뀐 것도 아닐 텐데 웬 부식차량을 탔어?"

"급한데 무슨 차를 못 타나."

그러면서 탁이 꺼낸 이름이 문긍채였다.

방에 들자 찾아온 이는 탁 중사 이름을 또 한 번 댄 뒤에야 자기가 문긍채의 동생 된다고 했다. 그 사람은 "제발 살리주이소." 라는 소리만 두 번 하고는 바로 일어섰다. 그 사람이 놓고 간 보자기 속의 돈다발을 보며 권혁은 금 한 돈이 십몇 원이지 하는 생각부터 먼저 났지만, 동기생 중에서도 가장 친한 탁 중사의 부탁이라 마음이 가볍지만은 않았다.

"방법이 없지는 않겠지요?"

권혁은 어디까지나 의논조로 나왔다.

"방법이 와 없겠어요, 같이 생각해 봅시다."

권혁이 일을 부탁한다는 것은 이주호로서는 전혀 불편할 게 없었다.

어스름이 내리기 시작하자 권혁은 주임과 같이 미곡창고 앞마당으로 갔다. 트럭이 꽁무니를 창고 문 입구에 들이밀고 있었고 군 대원들과 경찰이 모여 있었다. 일찌감치 의용경찰들이 창고 주변의 길을 막고 있어 읍 전체가 적막했다.

"시작하지."

주임의 목소리는 아주 예사로웠다.

창고 문을 열고 차석과 순경 한 명이 안으로 들어섰다.

"지금부터 이름 부르는 사람은 나오소!"

시동 걸린 차 소리를 진작부터 듣고 있던 데다 호명까지 해 대자 창고 안이 술렁댔다. 밖에서 지켜보던 이주호가 나섰다.

"내, 지서장이요. 부산으로 재판 받으러 가야 하니 빨리 협조하소!"

이름이 먼저 불린 두 사람이 겁먹은 자세로 엉거주춤 밖으로 나오자 경찰들이 삼줄로 재빨리 손을 묶었다.

"재판 받으러 와 밤중에 가노."

"그라모, 훤한 대낮에 신고 갈까? 빨리 타!"

열 번째쯤 불려 나온 사람이 손을 묶이며 말하자, 이름을 호명하던 차석이 받아 넘겼다.

주임과 차석이 웅크리고 앉은 사람들에게 손전등을 쏘아 대고 군 대원들이 차에 먼저 올라 머릿수를 세었다. 땀에 전 광목이나 삼베옷을 입고 머리술이 더북한 사람들이 불빛에 눈이 부신 듯

고개를 숙였다.

"열하나 맞아?"

"맞습니다."

대답이 떨어지고, 순경 하나가 차에 오르는 걸 보고서야 권혁은 주임과 같이 운전석 옆자리에 비좁게 앉았다. 쓰리쿼타라고 부르는 트럭은 4분의 3톤으로 탑승인원이 GMC의 절반도 되지 않았다. 권혁이 주임 방에서 숫자를 보며 서너 번은 해야겠다고 한 것은 그래서 한 소리였다.

읍을 벗어나자 어둠이 빠르게 내려앉았다. 흔들리는 트럭의 전조등이 어둠을 헤치는 거리는 겨우 이십 미터 정도였다. 차는 국도를 조금 달리다 이내 좁은 소로로 접어들었다. 털컹대는 소리와 더불어 적재함이 소란스러워졌다.

"부산 가는 기 아인데."

"어데로 가노!"

그런 소리는 곧이어 비명과 신음으로 바뀌었다.

"고개 안 처박나!"

"밟아!"

발길질과 엠원 개머리판이 날자 몸뚱이들이 처박히고 구르며 차가 흔들렸다. 얼마 뒤 적재함이 조용해지자 개 짖는 소리가 들리고 희미한 불빛 몇 점이 마을을 알렸다. 마을을 지난 트럭은 힘겹게 경삿길을 한참 올랐다. 요란한 엔진소리도 어둠 속에 묻힌 적막을 깨지는 못했다. 앞자리의 권혁과 주임도 침묵에 빠져 있었다.

얼마 뒤 트럭이 한바탕 요동을 치면서 멈추었다. 미리 와 있던 첩보대 대원들과 경찰이 헤드라이트 앞으로 모여들었다.

"하차!"

차에 타고 있던 대원들이 묶인 사람들을 내몰았다.

"어이쿠!"

묶인 손 때문에 몇몇은 제대로 뛰어내리지 못하고 땅바닥에 내던져져 굴렀다. 그제야 적재함 뒤에 서 있던 경찰 둘이 묶인 사람들을 붙잡아 내렸다. 가쁜 숨소리와 풀밭을 서걱대는 발자국 소리가 어둠을 어지럽혔지만 밤이 내린 두터운 적막을 걷을 수는 없었다. 묶인 사람들은 물론 그들을 한쪽에 몰아세우는 군 대원들도 적막에 눌린 듯 입을 열지 않았다.

"대가리 들거나 허튼 수작하면 그 자리에서 쏜다!"

두어 걸음 떨어져 그런 모습을 일별하고 있던 권혁이 낮게 내뱉었다. 그 역시 몸 전체에 가득 차오르는 두려움과 긴장에 휩싸여 있었다. 대원 한 명과 순경 한 명이 운전석 옆에 타자 차가 꽁무니를 돌렸다. 헤드라이트 앞으로 잡목에 묻힌 산길이 뱀처럼 드러났다. 해가 있을 때 미리 장소를 봐 두었던 순경들과 주임이 앞서고 대원들이 묶인 사람들을 줄 세워 내몰았다. 어느새 날벌레들이 불빛 앞에 하얗게 날아들었고 모기들이 귓가를 앵앵거렸다. 낮은 둔덕을 오르면서 헤드라이트가 소용없게 되었을 때쯤 트럭이 떠나는 소리가 들렸다. 주임과 맨 뒤에 따르는 권혁의 손전등이 앞뒤로 흔들렸다. 바람이 불지 않는데도 서걱대는 나뭇잎 소리가 음산하게 귀를 울렸다. 앞에 선 사람들이 걸음을 멈춘 곳은 펑퍼짐한 공터였다.

권혁이 이리저리 손전등을 비추면서 경찰들을 먼저 외곽에 세웠다.

손전등이 다시 공터를 더듬자 방위대원들이 낮에 미리 파놓은 구덩이가 보였다. 기역자로 판 구덩이는 깊이도 얕고 폭도 좁았다. 그러나 권혁은 아무 말 없이 그쪽으로 걸어가서는 군홧발로 두어 번 흙을 차며 한쪽 자리에 섰다.

"여기부터 먼저 앉히도록 하고, 너희들은 거총하고 여기에 한 줄로 서!"

권혁은 정확하게 세 걸음 뒤로 물러나 총을 쏠 대원들의 위치를 정해 주었다. 그때 뒤에 묶여 있던 사람들 쪽에서 고함이 터져 나왔다.

"쥑이는 기다!"

"이기 무슨 일고!"

외침은 거기까지였다. 퍽퍽 하는 발길질 소리와 비명만이 잠시 들렸을 뿐이었다.

"거기, 다섯 끌고 와!"

권혁의 곁에 서 있던 이주호가 황급히 자리를 피했다. 권혁은 아무 말 없이 손전등을 흔들어 끌고 온 이들을 앉힐 위치를 알려 주었다. 대원들이 그들을 구덩이 앞에 꿇어앉혔다. 공포에 질렸는지 그들은 나무토막 마냥 움직이지 않았다. 흐느끼는 소리가 들리고 몇 사람의 어깨가 흔들렸다.

"조준! 됐어?"

권혁이 숨 가쁘게 소리쳤다.

"발사!"

탕탕! 몇 초 간격으로 총이 불을 뿜었다. 총을 맞은 자들은 큰 움직임도 없이 그냥 앉은자리에서 고개를 처박으며 고꾸라졌다. 권혁은 서너 걸음을 옮겨 섰다.

"다 끌고 와!"

생전 처음 들어 본 총소리에 정신이 빠졌는지 사람들은 허수 아비처럼 끌려왔다. 몇몇은 소리 죽여 울고 있었다.

"여기!"

권혁은 죽어 엎어진 사람들로부터 몇 걸음 떨어진 자리에 서서 군홧발로 땅을 찼다. 그리고 잠시 뒤 "삼 보 뒤로. 조준!" 하고 소리쳤다.

"발사!"

조금 전까지 숨이 붙어 있던 사람들은 시신이 되어 풀과 돌이 섞인 흙바닥으로 고꾸라졌다.

"꿈틀대면 다시 쏴!"

총을 쏜 대원들이 군홧발로 시신들을 툭툭 찼다. 그러나 총을 다시 쏠 일은 없었다.

"확인 끝났으면 밀어 넣고 메워!"

몇 걸음 떨어져 서 있던 나머지 병들과 경찰들이 피비린내가 피어오르는 사체 쪽으로 다가왔다.

"먼저 내려갑시다. 뒷일은 어두워도 할 수 있어요."

이주호의 손전등이 풀숲 길을 바쁘게 찾았다.

그제야 어둠 속에 남은 자들이 재바르게 움직이기 시작했다. 사체 앞에서 그들의 움직임은 살아 있음을 증명이라도 하듯 허둥댔다. 잠시 뒤 군 병력이 먼저 철수하고 삽질을 마무리하던 경찰마저 황급히 현장을 떴다. 누구도 뒤돌아보지 않고 바쁘게 발걸음을 놓았다.

트럭이 떠난 자리에 다시 모인 사람들은 길가 여기저기에 흩어져 앉았다. 구덩이를 메우고 내려오는 대원들을 위해 잠시 산길을 비추던 권혁과 이주호의 손전등도 꺼져 담뱃불만이 흔들릴 뿐, 그들은 어둠 속에 갇혀 있었다. 누구도 입을 열지 않았다. 누구도 모든 날짐승들이 산을 떠나 캄캄한 하늘로 날아올랐다는 걸 알지 못했다.

전쟁이 난 뒤 대진에서 예비검속을 당한 민간인들의 첫 처형은 그렇게 진행되었다. 또한 그 자리에 있었던 이들 모두 전쟁이 전방에서만 일어나는 게 아니라는 걸 실감하는 첫 순간이기도 했다.

그렇게 세 번을 더 돌고 돌아오니 자정이 넘어 있었다. 야식을 준비해 두었다며 지서 차석이 대원들과 경찰을 식당으로 데려갔다.

"그냥 자기는 어려울 거고."

주임이 권혁을 따로 술집으로 끌었다. 미성옥하고는 다르게 내놓고 딸애들과 농탕질 칠 수 있는 곳이었다. 두 사람은 마산서 왔다는 아가씨까지 끼어 앉혀 놓고도 별말 없이 술만 마셨다. 주임은 천천히 마시고 권혁은 빨리 마셨다. 주임 이주호가 자리를 뜨고도 권혁은 한동안 혼자 남아 술을 마셨다.

권혁과 이주호도 며칠 뒤에 알았지만, 7월 15일 그날은 충청도의 금강 방어선이 무너진 날이었다.

남을 만해서 남았는데

대진역에서 내린 사람은 얼마 되지 않았다. 플랫폼에 발을 딛자 시멘트 바닥에 쏟아지는 햇볕과 열차에서 내뿜는 증기가 몸을 뜨겁게 했다. 그러나 옥구열은 몸보다 마음이 더 더웠다. 서둘러 개찰구를 빠져나오자 타는 속과 달리 역 마당과 거리는 너무나 한산했다. 드문드문 서 있는 가로수에서 매미가 울어 대고 부산으로 이어진 국도는 텅 비어 있었다. 눈앞에 펼쳐진 그런 광경이 그에게는 좋지 못한 일이 일어난 뒤의 기분 나쁜 적막감 같아 땀으로 젖은 등이 서늘했다.

형무소에 밤새도록 트럭이 들락거렸다는 소문이 아침부터 마산 시내에 쫙했다. 시간이 조금 지나자 그 소문 속에 인근의 함안 쪽에서 총소리가 났다는 말이 묻혀 돌았다. 대진에는 일이 없었을까. 보련에 가입된 옥구열의 부친이 예비검속으로 보름째 구금되어 있었다. 그는 가게를 아내에게 맡기고 서둘러 부산행 오전 열차를 탔다. 일이 바빠 이틀이나 내려오지 못한 게 영 마음에 걸렸다.

역을 빠져나온 옥구열은 지서 앞을 둘러 미곡창고 쪽으로 길을 잡았다. 지서 옆 마당에 세워진 트럭은 눈에 드러날 만큼 유난히 잘 닦여 반짝였다. 파란색 트럭 허리에 흰색 페인트로 쓰인 '大津邑'이라는 한자가 더욱 돋보였다. 트럭을 볼 때마다 옥구열은 왠지 기분이 좋지 않았다. 전시니까 지서에 트럭이 지급될 수는 있겠지만 그 용도가 어쩐지 꺼림칙했던 것이다. 지금 지서에서 하는 일이라고는 사람들을 잡아들이고 가두어 두는 것밖에 없을 테니 트럭의 용도도 그런 쪽일 것이었다. 동생은 지서 순경이 직접 와서 부친을 데려갔다고 했다.

옥구열이 방위군 둘이 보초를 서고 있는 지서 입구를 슬쩍 살필 때 기차가 떠나는지 기적소리가 빼하고 울렸다. 다른 생각에 빠져 있었기 때문일까, 갑자기 달려들 듯 그의 귀를 울린 기적소리가 마음을 초조하게 했다.

역의 야적장과 연결된 미창(米倉)은 큰 마당을 앞에 두고 대로변에서 안으로 조금 들어간 곳에 자리 잡고 있었다. 적벽돌로 지어 올린 미창은 한창 달아오르기 시작한 햇살에 더욱 붉어 보였다. 철로가 놓이고 들이 넓기로 소문난 대진과 인근의 쌀을 모아 두는 창고로 세운 미창은 경남에서도 몇 번째 규모를 자랑했다. 주름치마 지붕에 적벽돌 건물로 대진읍에서 가장 눈에 띄는 건축물이지만 지금은 사람들을 가두어 두는 데 사용되고 있었다.

엊그저께만 해도 미창 앞 주위에만 서 있던 방위대와 의용경찰이 훨씬 아래쪽 길가까지 나와 있는 걸 보고 옥구열은 간이 덜컥 내려앉았다. 무슨 일이 있었구나. 걸음이 처지면서 힘이 다 빠지는 것 같았다.

"보소, 저리 길 건너서 가소!"

저만치 서 있는 의용경찰 하나가 소리쳤다. 옥구열은 자기 앞에 걸어가는 사람이 아무도 없다는 걸 그제야 깨달았다. 잠시 멍하니 서 있던 그는 길 건너편을 바라보았다. 사람들이 모두 그쪽 편으로만 걷고 있었다. 군용 트럭 몇 대가 멀리서 달려오는 걸 보고 그는 서둘러 길을 건넜다. 트럭이 퍼 올린 흙먼지가 모두 가라앉은 뒤에 그는 안경을 벗어 닦았다. 그제야 샛길 가에 몰려 있는 사람들이 보였다. 며칠전까지만 해도 한낮 땡볕만 아니라면 길가에 앉아 있던 사람들이었다. 가족들의 숫자도 훨씬 늘어나 있었다. 그때 골목 안쪽에서 동생이 걸어 나왔다.

"일찍 왔구나."

이마에 땀이 솟은 동생의 얼굴에는 핏기가 없어 보였다. 두 사람은 골목으로 몇 걸음 들어가 그늘 밑에 퍼질러 앉았다.

"여기도 어제밤에 트럭이 움직였나?"

"예, 지도 아침밥 묵고 들었심더."

"읍내서 들은 말이 있나?"

"어데서 나온 소린지 모르것지만 차가 박고개 쪽으로 올라갔고, 총소리가 났다는 말이 있어예."

"그래?"

옥구열은 힘이 쑥 빠졌지만 동생 앞에서 내색할 수는 없었다. 어디 높은 데서 동시에 명령이 내려진 게 틀림없다면, 남은 건 부친이 아직도 미창에 있느냐 없느냐를 아는 것이었다.

그가 부친을 마지막으로 본 것은 7월 초하루였다. 6월 25일 오후에 3·8선에서 충돌이 있었다는 걸 알았지만 그게 전면전이라고는 아무도 생각지 않았다. 그런데 며칠 뒤 마산에서 경찰이 사람들을 잡아가고 있다는 이야기가 돌았다. 평소 알고 지내는 경찰서 직원에게 물어보니 기소중지자나 집행유예로 나온 좌익들이라고 말했지만 보련에 든 부친이 걱정되지 않을 수가 없었다.

"와, 읍내에 볼일 보러 왔다가 들렀나?"

부친은 예사로웠다.

"그게 아니고예…… 혹시 여기서는 잡혀간 사람이 없나 걱정이 돼서 내려와 봤습니다."

그는 에두르지 않고 자신이 집에 내려온 이유를 바로 말했다.

"지서에? 읍에 안 나가 봐서 모르것다만 금동서는 없다. 마산서는 일이 있는가베?"

그때서야 부친은 그가 집에 내려온 게 자신을 걱정해서라는 걸 안 모양이었다. 두 개의 마을로 이루어진 금동은 그의 고향이었다. 옥구열은 들은 대로 이야기했다.

"그 사람들이야 기소가 되든가 재판을 받았든가 했지만 보련에 든 사람은 대부분 안 그렇제…… 미군이 들오면 전쟁도 오래 가겄나. 별일 없을 끼다."

얘기를 다 듣고 난 뒤에도 부친은 태연했다.

"그랬으면 좋겠지만, 돌아가는 형편은 알아 둬야 안 되겠습니까."

내려오기는 했지만 옥구열로서도 무슨 구체적인 생각을 가지고 온 건 아니었다. 자기 말대로 우려일 뿐이었다.

"단정(單政) 전후로 올라갈 사람 다 올라가고 남을 만한 사람들이니께 남은 기고, 보안법도 모지레 보련 맹근 건 이 박사 반대하는 사람들 옭아맬라꼬 그런 거 아이가. 아, 임정을 지지할 수도 있고 몽양 선생 지지도 할 수 있는 긴데 그 꼴을 못 보는 기라. 미국서 민주주의 배았으몬 뭐해? 그라고 이 박사가 욕심이 너무 많아. 일제 때 해외서 독립운동 할 때부터 어딜 가나 우두머릴 해야 직성이 풀리는 양반이라. 지금도 봐라, 대통령도 모자라 모든 사회단체란 단체의 우두머리고 회장 아이가. 가부장적인 사고방식 아이몬 있을 수 없는 일 아이가 말다!"

무슨 말이 나오면 꼭 끝을 보고 마는 부친의 성미가 다시 살아나고 있었다.

"그라고, 와 이 박사를 반대하는 사람들이 생겼노? 하다가 흐지부지 때리치운 토지개혁도 그렇지만 뭣보다도 친일파는 안 된다는 거 아이가. 어제꺼정 조선 사람 잡아가던 순사가 해방이 됐는데도 다시 순사복을 입을 수 있나? 어불성설도 유만부득이지."

"소리 낮추이소."

턱수염이 떨리고 안경이 미끄러져 내려오는 것도 모른 채 부친이 흥분하는 걸 보고 옥구열이 얼른 제지했다.

일제 때 농민조합 활동을 하면서 몇 번 구금되기도 했던 부친은 해방 후에도 각 지역 농민조합을 전국 규모로 통합한 전농(전국농민조합총연맹) 일에 열성이었다. 거기다 부친은 여운형 선생 지지자였다. 보련이 만들어질 때 읍장과 지서 주임이 준비위원회를 만들면서 "금동서 옥 선생이 빠지면 됩니까." 했다고 했다. 옥구열은 집으로 내려오면서 그 말이 자꾸 걸렸지만 별 방도도 없이 부친의 근심만 더할까 해서 입을 열지 못했다. 그렇게 속에 든 생각도 다 드러내지 못하고 마산으로 돌아간 지 일주일이 지나서 동생으로부터 부친이 잡혀갔다는 전갈을 들은 것이었다.

지난날을 생각하니 한숨이 절로 나왔다. 동생은 보릿대 모자로 건성 부채질을 하며 멍하니 앉아 있었다. 옥구열이 먼저 엉덩이를 털며 일어났다.

"사람들 모인 데로 가자. 그리고 둘이나 있을 끼 있나, 논일도 해야 되고 니는 들어가거라. 저녁에 집에서 보자."

"오늘은 주무시고 가실라꼬예?"

"그래야지."

총소리가 났다는 걸 알면서도 마산 집으로 터덜터덜 돌아갈 수는 없었다. 걱정을 해도 대진에서 해야 할 것이었다.

두 사람은 다시 다른 가족들이 모여 있는 골목 입구로 나왔다. 아까부터 유난히 눈에 띄던 영감님이 다시 보였다.

"저기 갓 쓴 분은 누고?"

깨끗한 입성에 수염이 하얀 노인은 혼자 돗자리를 깔고 대로변에 앉아 있고, 아들 같아 보이는 이가 안절부절 못하고 그 옆을 서성거렸다.

"손자가 갇혔다 카는데 삼대 독자라네예. 지가 오기 전부터 저러고 있답니더."

곧이어 동생이 덧붙였다.

"금야면 사람이랍니더."

"금야는 대진 관할이 아닌데?"

"군은 다르지만 이쪽 지서로 넘겼다데예."

옥구열은 한길 쪽에 둔 눈을 거두었다.

"하기사 딱하지 않은 사람이 어디 있겠노만은 보기 민망쿠나. 니는 너무 근심 말고 그만 들어가라, 내가 알아볼 만큼 알아보께."

동생은 미적거리다 다시 한 번 재촉하자 느릿하게 발을 뗐다. 힘없이 걸어가는 동생의 땀에 젖은 삼베옷을 보니 또 다른 걱정이 목을 채웠다. 자기도 그렇지만 바로 밑의 저 동생에게도 언제 입영통지서가 날아들지 몰랐다. 자신이 일본에서 공업고등학교를 다니고 있을 때 모친이 돌아가셨기에, 만약 그렇게 되면 집에는 사람이 없는 거나 마찬가지였다. 자신은 금년 봄에 결혼이라도 했지만 남동생 둘은 모두 미성(未成)이었다.

　이런저런 근심에 잠겨 있던 옥구열은 이럴 게 아니다 싶어 우선 움직여 보기로 했다. 무작정 다른 가족들 속에 파묻혀 있을 일이 아니었다. 고향에 잘 내려오지 않는 데다 학교까지 읍이 아닌 마을 분교를 다녔기에 그는 읍내에 아는 사람이 별로 없었다. 우선 생각나는 이는 재당숙뿐이었다.

　옥구열이 한숨을 내쉬며 몇 걸음 올라가고 있는데 이발소가 눈에 띄었다. 미창 마당과 약간 비스듬하게 앉아 있는 집이었다. 그는 뒷머리에 손을 한 번 올려 보고는 동성이발관이라는 간판이 붙은 문을 열었다. 그가 들어서자 두 사람이 이발 의자에 앉아 이야기를 나누다 멈추었다. 거울로 보니 한 사람은 흰 저고리를 입은 이발사였다. 이발사가 의자에서 급히 일어나며 말했다.

　"어서 오이소."

　"머리 좀 깎읍시다."

　"여기 앉으이소."

　옆자리에 앉은 사람은 그새 눈을 감고 있었다.

　"많이 길지는 않으이 조금만 치도 될 깁니다."

　"그러네예."

　"날씨도 더운데, 갇힌 사람 가족들이 할 일이 아니네요."

　이발사가 바리캉으로 뒤와 옆머리를 밀고 나서 가위를 들 때 옥구열이 한마디 했다. 앞머리가 조금 까지고 비쩍 마른 이발사는 잠시 있다 "그렇지예."라고 대꾸했다. 옥구열은 옆자리에서 눈을 감고 있는 사람을 살피다 관공서 같은 데를 출입하는 사람은 아닌 것 같다는 결론을 내렸다. 곱상하게 생긴 얼굴이었지만 볕에 많이 그을린 데다 손도 농사일을 하는 손이었다.

"오죽 애가 타면 저리 모였을까. 나도 소식 듣고 마산서 달려왔지만 뭘 어째야 할지를 모르겠네요. 마산서도 아침 일찍부터 형무소에서 차가 계속 나갔다는 소문이 쫙해서 달려왔는데……."

옥구열의 말에 그제야 의자에 파묻혀 있던 사람이 눈을 떴다. 둘은 거울을 통해 잠시 눈길을 주고받았다.

"마산서 오셨다구요?"

"네. 함안 쪽에서 총소리가 났다는 말도 돌고."

남자는 "네에……." 하고는 입을 다물었다.

"가족들 모인 데서 들어 보니 지서 트럭이 몇 번이나 움직이고 박고개 쪽에서는 총소리가 났다고 그러던데, 혹시 보신 게 있습니까?"

옥구열은 이발사에게 눈을 주며 말했다.

"그기, 길을 전부 막고 요 앞길에도 보초를 세웠으이……."

이발사의 가위질이 바빠졌다. 옥구열에게 그 손길은 더는 입을 열지 않겠다는 뜻으로 느껴졌다. 옆 사람은 다시 눈을 감고 있었는데 옥구열이 머리를 다 깎고 나올 때까지도 그 자세였다. 두 사람 중 적어도 한 명은 미창에 가족이 갇혀 있을 거라는 생각이 거의 확신처럼 옥구열에게 다가왔다. 그는 간판을 다시 살폈다. 동성이발관.

옥구열은 다시 대로변을 걷다 남산 아래쪽에 있는 재당숙 집으로 방향을 잡았다. 그는 오랜만에 찾으면서 빈손이 허전해 가게에서 청주 한 병을 샀다. 부친보다 손위인 재당숙은 철도 선로반 일을 하면서 자식들을 교육시켜 모두 대구와 부산으로 내보내고 두 양주만 남아 있었다.

"걱정이 돼서 내려왔제?"

일흔이 가까운 재당숙은 건강한 모습이었다. 자신의 혼사 때 뵙고 처음이었지만 기력은 더 좋아 보였다.

"예, 이런저런 말들이 돌아서……."

"근데 자네 머리를 너무 짧게 쳤네. 뒷덜미가 철길처럼 훤히 드러났구마."

절을 할 때 눈에 들어왔는가 보았다.

"미창 앞에서 그냥 기다리기 뭐해서 이발을 했습니다. 동성이발관이라고."

옥구열이 뒷덜미를 한 번 쓰다듬으며 말했다.

"그랬구나. 사람들이 많이 모였제?"

당숙은 이발관에 대해서는 뭐라고 말하지 않았다.

"예에. 그냥 무작정 앉아 있습디다."

"그럴 밖에 더 있것나. 누굴 붙잡고 물어보겠노? 안다 캐도 누가 함부로 입을 열 끼며……. 사람들 입이 전부 얼어붙었다. 하루

하루가 무서운 세상이라."

재당숙은 입을 쩍 다셨다.

"저도 지금 아버님이 미창에 계시는지 안 계시는지 그것부터 알아봐야 하는데, 어데다 대고 물어볼지 난감합니다."

"참, 딱하다. 나도 어디 손 잡히는 데가 없으이…… 누가 설치고 다니니, 누가 힘이 있니 숙덕거리도 그기 다 말뿐이제."

"가운데 넣을 사람이라도 없겠습니까?"

재당숙은 고개를 흔들었다.

"있다 캐도 지금 그 사람들이 아무나 만나 주겄나? 자기들보다 더 높거나 무슨 잇속이 닿든지 해야제."

마산에서 알고 지내는 경찰관도 옥구열이 장사를 하는 시장이 관할이라 어쩌다 식사나 하는 정도였다. 부친 이야기를 슬쩍 꺼냈을 때 그 사람은 "아이구 옥 사장, 골치 아픈 부탁하몬 내가 옥 사장 못 만난다!"라고 일찌감치 물러서 버렸다. 옥구열은 오래 앉아 있는 게 아저씨를 불편하게 한다는 걸 알고는 인사를 했다.

"그런데 제 집 형편이 또 딱한 게, 저도 그렇고 밑에 치열이도 곧 군대에 가야 한다는 겁니다. 아저씨가 인편으로라도 금동 소식 한 번씩 챙겨 주십시오."

재당숙은 그러마고 대답했지만 일어서는 옥구열을 붙잡지는 않았다.

옥구열이 고향집에 왔을 때는 해가 떨어진 뒤였다. 미창 앞으로 다시 나갔다가 장터 주막으로, 다방으로, 그리고는 식당에서 이른 저녁까지 먹으며 읍을 서성였다. 우체국에서 30분이나 걸려 가게로 전화를 내어 아내와 통화도 했다. 나흘째 내려오지 않는 물건 걱정 때문이었다.

"오늘 아침 일찍 보냈다 카네예, 내일은 도착할 끼라고."

"그래요? 내가 낼 오후까지는 올라갈 거요."

장인의 도움을 받아 메리야스 도매를 하는 그는 공장이 있는 대구에서 물건을 열차편으로 받고 있었다.

본가에는 동생들이 들에 나갔는지 집이 텅 비어 있었다. 우물가에서 머리를 감고 동생들 저녁 준비를 하고 있는데 누가 마당에 들어섰다.

"구열이 왔나?"

"으응, 시돌이네!"

고시돌은 꼬치친구였다.

"들에서 돌아오다 담 너머로 자네가 보이서 지게만 얼른 두고 왔다."

고시돌은 얼굴은 물론 광목 저고리도 땀에 젖어 있었다.

"우선 등물이라도 치라."

"그라까."

두 사람은 우물로 갔다.

"언제 내려왔데?"

"읍에 있다 좀 전에 들어왔다."

고시돌이 저고리를 벗고는 빨랫돌 위에 손을 짚고 엎드렸다.

"물이 시원터라."

옥구열은 두레박을 퍼올려 친구의 등에 조금씩 붓다가는 이내 한 바가지를 다 쏟았다.

"어이쿠, 어, 시언타!"

머리까지 감고는 수건으로 몸을 닦으며 고시돌이 말했다.

"부친 걱정이 돼서 내려왔제?"

"그래 말이다, 아무 할 일도 없이 종일 읍에 있었다."

"자네 어른 지서 간 날, 윗마을에 영산 영감 아들도 잡히갔다 더라. 금동서는 그란께 두 사람이제."

"영산 영감?"

"그래, 아들이 서울 어데 큰 대학 들어갔다고 돼지 잡고 잔 치한 집 있다. 그 아들이 뭔가 일이 있어 작년부터 내려와 있 었거든."

"그래?"

"소문이 흉흉타. 별일 없어야 할 낀데…… 나도 집에 아부지 땜에 걱정이다."

옥구열이 부친에게 듣기로 금동에서 보련에 이름을 올린 사람 은 모두 열둘이라 했다. 그중에서 좀 턱없다 싶은 사람이 고시돌 의 아버지였다.

둘은 우물가 감나무 밑에 그대로 앉았다.

"참, 탁배기가 있더라. 목이나 좀 축이자."

옥구열이 부엌에서 술과 풋고추에 된장 종지를 내왔다.

"도가 탁주가 갈수록 싱겁다."

한 사발을 쭉 들이킨 고시돌이 풋고추 하나를 집으며 말했다.

"근데 말다, 언제 또 보련 사람들 안 불러 갈지 참 걱정이다. 집에 아부지는 보련 말만 나오면 화만 뭐같이 내이 참 답답지. 걱정도 내놓고 할 수 없고……."

"별일 있겠나, 우리 아버지야 직책이라도 있었으니 먼저 불러 갔겠지만…… 근데 왜 화를 내시는데?"

"원수가 따로 없지, 맨날 보는 사이에……."

"구장이 도장 받아 갔다는 말만 들었는데 구체적으로 어찌 된 건데?"

그가 들은 고시돌 부친 이야기는 그 정도였다.

"참, 니는 잘 모르제? 억장 무너질 일이지……."

작년 11월 말이었다. 막 잠이 들려는데 삽짝 밖에서 "고 서방 자나!" 하는 소리가 들렸다. 부친을 부르는 소리였다.

"일나 봐라! 급한 일이다!"

목소리는 높아졌고 다른 사람의 인기척도 섞여 들려왔다. 양친 모두 초저녁잠이 깊은 걸 아는 고시돌이 먼저 마루로 나왔다. 바람이 많이 부는 데다 달도 없는 밤이었다.

"누요?"

"내 구장이다, 아부지 좀 깨바라!"

구장이란 말을 듣고 부친을 깨우지 않을 수는 없었다.

"아부지!"

그가 큰방을 향해 소리를 높이자 그제야 부친이 부스럭거리며 고의춤을 여미고 나왔다.

"무신 일고?"

"내다, 구장이다."

고시돌은 그대로 마루에 서 있고 부친이 사립문으로 갔다.

"이 밤중에 무신 일고?"

"나랏일에 밤낮이 있나. 도장 좀 주야겠다."

"도장은 와?"

"읍에서 내일 아침까지 군에 보고해야 할 끼 있다고 사람이 안 왔나."

"무신 소리고? 뭘 알아야 내주제."

"아따, 춥은 한데 세워 놓고 구장보고 따질 끼요."

구장 옆에 서 있던 사내가 입을 열었다.

"통계 잡을 일이 있든지 비료를 나나 주든지, 뭐가 있은께네 그러는 거 아이겠소. 관에서 하는 일에 협조 안 할라 카몬 하지 마소, 누가 손해 보는가."

목소리는 낮았지만 위협적이었다.

"내가 시방 몇 집을 더 돌아댕기야 하는지 아나? 고마 자네 집은 뺄까?"

구장이 다시 나섰다.

"그 참, 자다 봉창 뚜드리는 소리도 아이고……."

그러면서 부친은 방으로 들어가 불도 켜지 않고 도장을 찾아왔다. 구장은 미리 도장 찍을 데를 접어 왔는지 서류 종이를 내밀며 "여기, 여기." 하고 말했다. 부친이 구장이 내민 인주에 도장밥을 묻혀 도장을 찍고 있는 동안 벙거지 모자를 깊이 눌러쓴 사내는 두어 발짝 떨어져 서 있었다. 뒷날 고시돌의 부친은 그 사내가 근동 마을에 사는 사람인 것 같았다고 애매하게 기억했다.

"그기 다라. 호롱불 킬 시간도 없이 일어난 일이라."

고시돌은 눈에 훤한 그때의 일이 아직도 얼척이 없는지 혀까지 차며 한숨을 쉬었다.

"그날 밤에 도장 찍은 게 보련 가입원서였단 말 아니가!"

듣고 있던 옥구열도 기가 찼다.

"그라고는 12월 초에 소집통보가 나와서 구장한테 찾아가이 자기도 그런 일인지는 몰랐다는 기라. 아부지가 그란 법이 어데 있냐고 대들자 다른 동네서는 회비까지 내며 서로 먼저 들라 칸다면서, 따지든지 바루든지 지서로 가라고, 자기는 더는 모르겠다고 그담부터는 상대를 안 하는 기라."

"보련 가입을 할당제로 했다는 말밖에 안 되는데, 아니면……."

"할당제가 뭐꼬? 또 뒷말은 뭔데?"

고시돌은 옥구열보다 한 해 늦게 보통학교에 입학은 했지만 한 학년인가를 다니다 그만두었다.

"마을당 몇 명, 읍에 몇 명, 그렇게 높은 데서 이만큼 가입시키야 된다고 숫자를 정해 주었다는 말이지."

그 말까지는 쉽게 할 수 있었지만 그 뒤가 낭패였다. 이야기를 듣는 순간 누구 대신 들어간 게 아닌가 싶었지만, 함부로 할 소리는 아니었다. 옥구열이 그냥 술 사발을 들자 고시돌이 한참 있다 말했다.

"결국은 무식하고 가진 기 없으이 당했다, 그 말이제? 내가 그래서 더 성이 나는 기라. 아부지가 보런 말만 나오면 와 펄펄 뛰겠노!"

조금 있다 옥구열의 동생들이 오는 바람에 고시돌은 일어섰다.

"가께. 내일은 읍에 나갔다 마산 올라갈 끼가? 내 걱정만 해서 미안타, 자네가 더 태산인데."

"아니다, 전쟁 나고 근심 없는 사람이 어디 있나."

다음날 새벽, 통금이 해제되는 걸 기다려 옥구열은 집을 나섰다. 걸음을 따라 움직이는지, 마당까지 들어와 있던 안개가 동구 밖까지도 몸을 감싸다 들길로 접어들어서야 겨우 시야가 좀 넓어졌다. 집집마다 심어 놓은 정구지 냄새 때문에 연신 재채기를 하면서 마을을 빠져나와야 했던 그는 그제야 살 것 같았다. 밤중에 읍내에서 무슨 일이 있을까 하는 걱정으로 잠을 설쳐 무겁던 머리도 개운해지는 듯했다.

엎어 놓은 소쿠리같이 생긴 동산 하나를 두고 있는 윗마을과 합쳐지는 갈림길에 이르자 소를 앞세우고 가는 노인네가 보였다. 지게도 지지 않은 품이 논일 하러 가는 모습은 아니었다. 사람이 한 가지 생각에 매달리다 보면 모든 게 그쪽으로만 보이는 것인지, 영감님을 보자 옥구열에게는 어떤 직감 같은 게 왔다. 길이 텅 비어 있고 몇 걸음 너머 들판은 아직 안개로 흐릿한데 노인네는 이리저리 흘긋거리다 마침내는 뒤까지 돌아보았다.

"영산 어른 아니십니까?"

옥구열은 우선 그렇게 불러 놓고 걸음을 당겼다.

"어, 어, 자네 누고?"

히뜩 돌아본 얼굴이며 말투가 매우 당황한 기색이었다.

"아래 금동에 옥구열입니다. 수자 한자 큰아들입니다."

"그래, 바빠 먼저 가이 천천히 오게. 이랴, 이랴!"

영산 영감은 마음만 바쁜지 소와 걸음을 맞추지 못하고 허둥댔다.

"소가 병이 났습니까? 아침 일찍 읍내 가시게."

옥구열이 뭔가 이상타 싶어 말을 한 번 더 던져 보았지만 대꾸는 없었다. 옥구열은 멈춰 섰다. 노인을 더 당황하게 해서는 안 될 것 같아서였다.

"어르신 천천히 가이소, 저는 좀 앉았다 갈랍니다!"

일부러 고함까지 치고도 그는 괜한 짓을 한 것 같아 마음이 편치 않았다. 노인은 남의 눈에 띄지 않고 읍에 가고 싶은 것이었다. 옥구열은 한참을 안개가 물러가고 있는 들을 바라보고 서 있었다. 보도연맹과 전쟁. 부친 말씀대로 보련이 이 박사를 반대하는 사람들을 옭아매기 위해 만든 단체이든 아니든, 지금은 그게 중요한 게 아니었다. 중요한 건 '보호와 지도'의 대상자였던 사람들이 전쟁이 난 순간부터 '감시와 구금'의 대상자로 바뀌었다는 사실이었다. 부친 때문에 신문에서 눈여겨보았던 기사가 생각났다. '보련 일주년 기념, 연맹 서울특별시본부 7천명 탈맹식'이라는 제목의 탈맹 보도였다. 그게 불과 한 달 전, 지난 6월 초의 일이었다. 그런데 자신의 아버지를 비롯한 보련 사람들은 탈맹은커녕 오히려 전쟁의 담보물이 되어 버린 건 아닌지, 옥구열은 가슴이 답답했다.

천천히 걷는다고 생각했는데도 저만치 영산 영감이 다시 보였다. 소를 앞세우고 걷는 걸음이 빠를 수가 없을 것이었다. 옥구열은 이슬에 젖은 바지가랑이를 털고 잠시 섰다. 산머리에 삿갓처럼 운무를 얹은 남산이 보이면서 읍내도 눈에 잡혀 왔다. 안개가 빠진 하늘 위로 높은 구름들이 보이기 시작했다.

옥구열은 영산 영감이 읍내로 통하는 다리에 들어선 걸 보고서야 다시 걸었다. 영산 영감은 본정통(本町通)이나 장터 쪽으로 가지 않고 개울길을 따라가고 있었다. 쇠전은 개울을 끼고 읍의 한쪽 귀퉁이에, 장터는 차부와 길 하나를 두고 있었다. 예전에는 장터도 같이 있었지만 읍으로 승격한 이후 규모가 커지면서 지금의 장소로 옮겼다고 옥구열은 알고 있었다. 텅 빈 쇠전 한쪽에 소를 매고 영산 영감은 쭈그리고 앉아 담뱃대를 꺼내 물었다. 옥구열은 다리 너머 수양버드나무 밑에서 땀을 식히며 그 모습을 보았다. 잠시 뒤 사내 하나가 골목에서 나와 소를 살피고는 허리에 매단 전대를 뒤졌다. 옥구열은 거기까지 보고 걸음을 옮겼다. 이 오뉴월에 소를 팔 일이란 게 무엇일까. 옥구열의 머릿속에는 지서에 잡혀갔다는 아들 말고는 생각나는 게 없었다. 담배라도 배웠다면 꼭 한 대 하고 싶은 심정이었다.

그는 차부 앞 장거리에서 장국밥으로 요기를 했다. 주인이나 손님들에게서 긴장감 같은 건 느낄 수가 없었다. 나누는 이야기도 농사일이나 막연한 전쟁 걱정이었다. 드나드는 손님들을 지켜보며 그는 천천히 밥을 먹었다. 누구의 입에서도 간밤의 읍내 이야기는 나오지 않았다. 그는 느릿하게 걸어 지서 쪽을 살폈다. 트럭도 그 자리에 세워져 있었고 의용경찰 하나가 하품을 하며 보초를 서고 있었다. 미창 앞 대로변에서 그는 갓 쓴 영감님을 다시 보았다. 여전히 깨끗한 입성으로 작은 돗자리 위에 앉아 창고 쪽을 바라보고 있었다. 읍내에서 잔 모양이었다. 그는 그냥 지나치기 뭐해서 절을 했다.

"어르신, 일찍 나오셨습니다. 안개 두른 거 보니 오늘도 뜨겁겠습니다."

그러나 영감님은 여전히 시선을 길 건너에 둔 채 미동도 하지 않았다. 그도 두어 걸음 떨어져 미창을 바라보았다. 해가 들면서 석 동짜리 붉은 벽돌건물이 훤하게 밝아 왔다.

"이해하이소, 아버님이 며칠째 입을 닫고 계십니더."

고개를 돌려 보니 영감님과 좀 떨어져 서 있던 사내였다.

"아닙니다. 어제도 어르신을 뵌 데다 그냥 지나치기 뭐해서 인사 여쭌 것뿐입니다."

몇 걸음을 옮기다 옥구열은 다시 노인 쪽으로 눈을 돌렸다. 눈부시게 퍼져 오는 햇빛 아래 하얀 모시적삼과 발간 창고벽돌이 너무나 대조적이었다. 선명해서 차라리 섬뜩한 조화 앞에 옥구열은 그만 눈물을 흘리고 말았다.

그날 저녁 무렵에야 마산 집에 돌아온 옥구열이 아내에게서 들은 첫 소리는 대구서 부쳤다는 짐이 아니었다.

"여보, 낮에 동사무소 직원이 이걸……."

눈물을 글썽이며 아내가 내민 건 입영통지서였다.

제대로 된 물건

주임이 권혁에게 한용범 이야길 다시 꺼낸 건 박고개에서 처형이 있은 지 며칠 뒤였다. 그날 밤에도 적은 숫자지만 처형이 있었다. 일찍 일이 끝나고 술을 마시다가 주임이 말했다.

"여론이 영 안 좋아요. 총소리 나는 걸 다 아는데, 한용범인 가두지도 않고 뭐하냐고."

"여론이라뇨?"

"국민회 회원들이거나 명망가들이지요. 다른 데서도 들었는지 모르겠지만 진작부터 그 친구를 빨갱이로 접어놓은 사람들이 얼마나 많은데요."

"비상시국대책위에서도 그 사람 말이 나왔겠군요?"

첫 번째 처형이 있던 다음 날 '대진읍 비상시국대책위원회'가 만들어졌다는 걸 권혁은 주임에게서 들었다. 이주호는 본읍에서도 조직되어 대진에서도 부랴부랴 서둘렀다면서 위원장은 대진 국민회 회장이 맡았다고 덧붙였다. Y군에는 두 개의 읍이 있는데

군청과 경찰서가 있는 읍을 본읍이라고들 불렀다.

"어제 한 번 만났습니다만, 본래 그 자리가 군관민 협조 같은 큰 이야기나 하는 덴데, 그 친군 여론이 하도 안 좋으니 잠깐 나오다 말았지요."

말은 그렇게 했지만, 어젯밤 열린 비상시국대책위원회의 주된 논의는 한용범 문제였다.

"권 대장 그 친구, 마음이 없는 거 아이가? 들왔으면 일을 해줘야제."

"그래 말입니다. 전시에 첩보대 대장이 겁낼 기 뭐가 있다고 망설이는지."

읍장이 먼저 입을 열자 부읍장 박대순이 거들고 나섰다. 위원장은 처음 한동안은 듣고 있기만 했다. 다른 지역 면장과 대진읍장을 두 번이나 지낸 그는 전쟁이 나기 한 달 전에 치러진 2대 국회의원 선거 때 후보로 거론될 정도로 정치적 야심이 있는 인물이었다. 혈압 때문에 늘 챙겨 다니는 약통을 열어 환약을 한 움큼 입에 털어 넣고 물을 마시는 등 한참 뜸을 들이다 위원장이 결론처럼 말했다.

"내일이라도 주임이 만나서 첩보대에서 못 하겠다면 지서서 하겠다고 한번 찔러보지."

"그것도 방법이겠네요, 자극을 좀 줘야지."

부읍장이 거들고 나서자 읍장이 덧붙였다.

"어차피 우리하고 다른 줄에 섰으이 이번 기회에 잘라 버리지."

이주호도 고개를 끄덕였다. 문궁채라는 놈을 풀어 준 것도 권혁에게는 부담일 것이었다.

이주호는 태연한 얼굴로 권혁을 다시 바라보았다.

"내 입장이 자꾸 어려워지고 있어요."

주임은 첩보대에서 손을 못 보겠다면 지서에서 나서겠다는 말을 그렇게 에둘렀다.

권혁은 주임이 반성문을 내밀던 날, 한용범이란 자가 물건이 될 수도 있겠다는 생각은 했지만 다른 일에 바쁜 데다 경찰 쪽에서 다루기 힘들어하는 사람을 섣불리 부르기가 뭐해 미루어 두고 있었다. 그런데 비상시국대책위원회에서 놈을 찍었다니 부담 없이 조질 수 있겠다 싶었다.

"한번 불러나 봅시다."

권혁의 입에서 그 말이 떨어지자 이주호는 얼굴을 펴면서 "뭔가 틀림없이 나올 겁니다."라고 추임새를 넣었다.

다음 날 오후, 한용범은 집에서 연행되었다.

빈 창고에 책상과 의자 몇 개를 놓고 취조실로 썼다. 한용범은 키가 좀 큰 편인 데다 농사를 직접 짓는 건지 생각보다 얼굴도 탔고 손마디도 굵었다. 잡혀 오는 길에 많은 생각을 했는지 침착

해 보였다. 나무의자에 앉으면서 한용범이 말했다.

"나를 부른 이유가 뭡니까? 그건 물어볼 수 있겠지요?"

"당신에 대한 몇 가지 첩보가 들어왔기 때문이오. 답이 됐소?"

"도대체 누가 무슨 말을 했다는 겁니까?"

"대답을 기대하고 하는 말은 아닐 거고, 중요한 건 지금부터 당신이 조사에 어떻게 나오느냐 하는 것일 텐데…… 우선 신상 진술서부터 써 볼까. 친우관계를 특히 신경 써서 써야겠지."

권혁은 용지 몇 장을 내밀고는 저고리를 벗었다. 실내는 가만히 앉아 있어도 땀이 흘러내릴 정도로 더웠다.

잠시 후 권혁은 진술서를 받아 주임에게서 넘겨받은 것과 대조해 보았다. 첩보서라 해도 주임이 직접 쓴 건지 밑줄도 그어져 있고 수장사건 부분에는 동그라미도 쳐져 있어 그냥 개인용 기록처럼 보였다. 그는 우선 언제 어떤 경로로 한용범의 가족이 대진에 자리 잡았는지부터 따져 들어갔다. 회식자리에서 몇 번이나 오르내렸던 '근본을 모르는 외지 놈들'이라는 말이 생생했기 때문이었다.

한용범의 증조부는 본래 부산 다대포 사람으로, 역관 중에서 하위직에 속하는 소통사(小通事)를 지냈다. 재산을 크게 늘린 이는 개항 전후로 역관 일을 하면서 동시에 사무역(私貿易)에도 손을 댄 조부였는데 을사늑약이 체결될 무렵 가산을 정리해서 대진으로 들어왔다. 대진은 조부의 외가이기도 했다.

"그럼, 당신은 입향 삼대구먼."

권혁은 그쯤에서 한용범의 말머리를 잘랐다.

"그런 셈이지요."

"그런데 나이가 왜 이래? 오남매 모두 부친 나이에 비해 어리잖아. 첫째인 한성범이 마흔셋, 둘째 한재범이 마흔, 당신은 서른다섯, 그 밑에 여동생이 둘인데 부친 나이하고 잘 안 맞잖아. 어떻게 된 거야? 배다른 형제도 있나?"

"무슨 말씀을……."

독자였던 한용범의 부친은 일찍 서울로 올라가 공부를 하다, 어지러운 시대 탓인지 병약한 심성 때문인지 마음을 잡지 못하고 방황했다. 그러다 병까지 얻어 절에서 오래 요양을 하기도 했다. 조부가 시골로 들어온 것도 그런 이유가 있어서였는데, 부친이 마음을 잡고 가산을 돌보기 시작했을 때는 서른이 넘은 나이였다.

"결국 타지에 들어온 대지주라는 소린데, 이래저래 신경 쓸 일이 많았겠네?"

권혁은 근본을 모른다는 이곳 토박이들의 말에서 묻어나던 시기심이며, 배경이 좋아 보련에서 빠졌다는 주임 말을 다시 떠올렸다.

"조부도 인심 잃을 일은 하지 않았다 들었습니다만. 부친이 육영사업도 하고……."

한용범의 조부와 부친은 소작인들을 넉넉하게 대했으며 군내의 저수지 여러 곳을 개인 재산으로 만들었다. 그리고 길을 낼 일이 있을 때 자기 땅이 들어가면 기부를 했고 학교를 세우는 데도 늘 앞장을 섰다.

"그래, 그건 그렇다 치고. 한성범은 부산 구포서 정미소 하고 한재범은 군정청에 근무하다 서울서 사업을 한다."

권혁은 진술서에서 잠시 눈을 뗐다.

"내려왔어?"

작은형 한재범이 피란을 왔느냐는 말이었다.

"아직 소식을 모르고 있는데, 군정청 경력 때문에 걱정입니다."

"그래……."

권혁은 무슨 꼬투리가 되겠다 싶기는 했지만, 연락이 끊어진 상태에서 당장 물고 들 방법은 없었다.

"그리고 보자, 매제는 경남도청에 있고, 둘째 여동생 한시명은 여기 중학교 교사라고 썼군. 문제는 당신이지."

진술서도 그렇지만 주임에게서 받아 온 첩보서에도 일제 때 전과사실은 없었다. 유학생의 경우 전과란 독서회부터 사회주의나 무정부 계열의 여러 단체와 관련된 이른바 사상범죄를 말했다. 광복 후 대부분의 식자층 좌익분자들이 일제 때부터 사회주의에 물든 자들이라는 점에서 한용범은 예외에 속했다.

광복 후에도 한용범은 건준(건국준비위원회)에만 참여했을 뿐 정당은 물론 내세울 만한 사회단체 활동경력이 없었다. 오직 배정식 수장사건 진상위원회 건만 덩그러니 떠 있을 뿐이었다. 권혁은 주임에게서 넘겨받은 첩보서를 다시 살피며 '교우관계 중

좌익분자 연루'에 적힌 최연중과 김철우라는 이름에 주목했다. 최연중은 '미검거', 김철우는 '행불(월북?)'이라고 부연되어 있었는데 특히 남로당 당원인 김철우는 보통 민청이라 불렀던 조선민주청년동맹 등 당 외곽단체에서 활동한 인물이었다. 권혁의 머릿속에 제대로 그림이 그려졌다.

"고보 동기 중에 최연중이 있지? 그놈 지금 어디 있어?"

권혁은 우선 쉬운 놈부터 찔러 보았다.

최연중은 수리조합 서기로 일하다 치안유지법 위반으로 그만두고 해방 뒤에는 청년운동과 인민위원회에서 활동한 친구였다. 한용범은 운동을 잘하고 서글서글한 성격의 그를 떠올렸다.

"만나지 않은 지 오래됩니다. 올봄, 모친상 때 본 게 마지막입니다."

"어디 있느냐고 물었잖아!"

"모릅니다. 도피했다는 말도 지금 처음 듣습니다."

"그래? 그놈 잡아와서 조사해 보면 금방 들통 나! 당신 이름이 어느 선에 하나라도 걸리면 바로 죽는 거야? 응!"

권혁이 한용범의 얼굴을 쏘아보며 얼른 말머리를 돌렸다.

"김철우는 언제 마지막으로 만났어?"

"네? 그 친군, 46년 말이던가 그 정도에 한 번 본 것 같습니다. 서울에서 직장생활을 했으니까 볼 기회가 거의 없었습니다. 그리고……."

"그리고?"

"유학은 비슷한 시기에 했지만 학교도 다른 데다 성향이 달라 가까이 지내지 않았고, 해방 뒤에야 좌익 쪽에서 활동한다는 소릴 들었습니다."

"물어보지도 않은 말을 왜 그리 빨리 털어놓지? 그리고 고향 친군데 그렇게 남의 이야기하듯 할 수 있을까?"

권혁의 말투가 한결 느긋해졌다.

"이봐, 한용범. 건준 군 지부에 이름까지 올려놓고 인민위원회에는 왜 안 들어갔지? 난 그게 제일 이상해. 건준에는 명망 때문에, 형식적으로 들어간 거지? 윗선에서 뒷일 도모하려고 널 거기 넣어서 눈속임한 거 아냐!"

다급해진 건 한용범이었다.

"아닙니다, 아니에요! 형님 두 분이 객지로 나가다 보니 내가 집안을 돌봐야 했기에 바깥일에 일절 손을 끊은 겁니다!"

"넌 김철우와 연결된 남로당 비밀 세포책이야, 이 자식아!"

한껏 목소리를 낮춘 권혁의 한마디가 한용범의 머리를 쳤다.

"무슨 근거로, 도대체 무슨 근거로 그런……!"

그때 몽둥이가 한용범의 등짝을 갈랐다. 그의 뒤에 서 있던 대원 하나가 후려친 것이었다.

"증거?"

권혁의 신호에 따라 몽둥이가 다시 똑같은 자리를 타격했다. 한용범은 숨이 턱 막히면서 앞으로 꾹 고꾸라졌다. 권혁은 그제야 서랍에서 반성문을 꺼내 들었다. 그리고는 한용범의 눈앞에 갖다 댔다.

"이거 누구 글씨야?"

한용범은 이내 고개를 떨구었다. 그 순간, 권혁은 후회와 난감함이 뒤섞인 한용범의 표정을 읽어 냈다.

"말해 봐!"

"내가 쓴 겁니다."

한용범이 눈을 감은 채 천천히 고개를 흔들며 괴로운 목소리로 말하자 권혁이 다그쳤다.

"양심서나 이거나 뭐가 달라? 이게 더 확실한 증거지!"

국민보도연맹 군 지부가 결성될 무렵 한용범은 몇 차례 본서 사찰주임에게 불려 갔다.

해방 후 자주적 국가건설과 일제청산, 분단 고착 등 산적한 문제를 둘러싼 극심한 대립의 여진과 피로를 고스란히 안은 채 출범한 이승만 정권은 수많은 반대세력에 휘둘렸다. 이들을 제압하기 위해 1948년 12월에 시행된 국가보안법 등을 동원하여 체포, 구금한 숫자가 11만을 상회할 정도였으니 감옥이 넘쳐날 지경이었다. 위기의식을 느낀 정권은 일거에 대세를 만회할 수 있는 묘안으로 '국민보도연맹' 결성을 서둘렀다. 전향자들이 과거의 죄를 반성하고 새 국가 건설에 참여한다면 건전한 시민으로 인정하여 일정기간 뒤에 탈맹하게 한다고 선전했으나 실은 좌익세력을 주로 한 저항세력을 하나의 단체에 묶어 감시, 관리한다는 발상이었다. 과거 공산당과 민전(민주주의민족전선) 등은 물론이고 김구의 한독당까지 모두 22개 단체원들을 옭아 넣는 거대한 그물을 남한 천지에 던진 것이다.

"이게 전 국가적인 사업이니 한 선생 같은 명망 있는 분들이 솔선 모범을 보여야 우리 지부 낯이 설 것 아니오?"

사찰주임은 재정부장에 이름을 올리자고 아예 못을 박고 나왔지만 한용범은 처음부터 끝까지 똑같은 답변을 했다.

"내가 무슨 회원 될 자격이 있습니까. 전 자격이 없습니다."

사찰주임은 앞으로 국가를 위해 잘해 보자는 건데 무얼 그리 따지느냐고 똑같은 말만 되풀이하다, 결성일을 하루 앞두고 다시 불렀다.

"배정식 건 때문에 도저히 그냥 넘어갈 수는 없으니 반성문을 쓰고 내일 참석하는 거로 서장님과 의논을 보았소."

그러면서 그는 이렇게 덧붙였다.

"건준 뒤에 국민회도 들고 그랬으면 오죽 좋아."

반성문은 그렇게 해서 쓰인 것이었다.

"그래, 그 자리에서 반성문을 쓰며 무슨 생각을 했을까?"

권혁이 한용범의 기억을 깨 버렸다.

"비밀 당원의 자격을 지켰다는 자부심? 어디, 이제부터 그걸 깨 줄까!"

그 말이 떨어지자마자 본격적인 매타작이 시작되었다. 한용범이 비명도 오래 지르지 못하고 축 늘어지고 나서야 권혁은 광복 직후에 일어난 건준 C군 상남면 지부장 배정식 수장사건 진상위원회 건을 물고 늘어지기 시작했다.

일본이 항복한 지 꼭 열흘째 되던 8월 25일, 일본군 헌병 30여 명이 트럭을 타고 상남면의 한 마을에 들이닥쳤다. 진해 해군사령부 작전참모 구로키 소령이 인솔자였다. 그들이 출동한 것은 일본군 통신대 트럭 한 대를 압류한 건준 지부장을 비롯해 관련자들을 체포하기 위해서였다.

며칠째 마을 입구의 고개에서 통신활동을 하고 있는 일본군을 목격한 배정식은 패전 상태에서 공공연하게 행하는 군사 활동을 도저히 묵과할 수 없었다. 그는 마을 젊은이들을 동원하여 통신병들을 내쫓고 트럭을 이장 집 마당에 억류해 두었다. 항복은 했다 하더라도 미군이 상륙하기 전이라 일본군의 기세가 아직 시퍼렇게 살아 있을 때였다. 패전에 대한 울분을 삼키지 못하고 있던 일부 장교들이 이 사건을 그냥 넘길 리가 없었다. 본국으로 철수하기 전까지 군대는 물론 거류민들의 안전을 위해서도 본때를 단단히 보여야 했다.

마을 젊은이들과 싸움이 시작되었지만 총검으로 무장한 헌병대를 당해 낼 수는 없었다. 네 사람이 체포되어 사령부로 이송되었다. 이틀 뒤, 말 그대로 기어서 나올 정도로 무지막지한 고문을 받고 세 사람이 풀려났다. 남은 한 사람, 배 지부장은 더 조사할

게 있어 다음에 보내 주겠다고 했다. 배정식의 가족과 건준 간부들의 항의가 거칠어지자 일본군은 조사 도중 도망쳤다고 둘러댔다. 8월이 가고 미군들이 들어온 후에도 배정식의 행방은 오리무중이었다.

결국 가족과 여러 사회단체들이 군정청에다 진정을 넣자 미군과 경남 경찰국이 나서서 사령부 관계자들에 대한 조사를 시작했다. 조사 하루 만에 일본군 법무관이 사실을 털어놓았다. 연행 당일 오후에 고철을 몸에 매달아 바다에 수장해 버렸다는 것이었다. 배 두 척을 내어 한 척에는 마을 청년들이, 나머지 한 척에는 일본 해군이 타고 사체 인양작업을 사흘이나 벌였지만 시신은 찾을 수가 없었다. 미군 군사재판소는 사건을 주도한 두 사람, 구로키 소령과 헌병 소위 한 명을 무기징역에 처한 뒤 서둘러 일본으로 송환했다.

군은 다르지만 대진과 바로 이웃이라 한용범 형제는 배씨 형제들을 평소에 존경해 왔다. 배정식은 동경제국대학을 나온 수재로 언젠가 나라의 재목이 될 인물이었고 그의 맏형은 일제시대 밀양경찰서 폭탄 투척 사건의 주모자로 옥고를 치른 애국자였다. 그래서 한용범은 다른 친구들과 진상규명에 힘을 쏟았고 경남 도 군정에 탄원서를 낼 때는 서울에 있던 형 재범의 도움을 받기도 했다.

진상위원회에서는 패전한 일본군의 무자비한 만행을 알리고 가해자들의 본국송환을 반대하는 여론을 조성하기 위해 '진상백서'를 만들어 서울의 신문사와 각 정당 단체들에 보냈다. 그때 유일하게 현장 청취를 위해 서울서 내려온 정당이 조선공산당이었다. 그것도 장안파의 일원이었다. 공교롭게도 일제 때 경기도경 특고과에 근무하다 피신차 잠시 고향에 내려와 있던 형사 하나가 서울서 내려온 그 사람의 얼굴을 알아보았던 것이다.

"진상위원회까지는 이해할 수 있다 치자."

권혁이 입을 열었다.

"그런데 백서까지 만들어 서울로 보낸 건 뭐야? 네놈 말대로 광복 뒤 제대로 활동한 게 이것밖에 없다면 이게 예삿일이 아니잖아. 그것도 여기 일이 아니고 C군 일이야. 배정식 사건이 제대로 된 물건이다 싶으니까 매달린 거지! 안 그래!"

"평소부터 배 선생을 존경했고, 그 죽음이 너무나 억울하고, 왜놈들을 그냥 보내서는 안 된다는 판단으로, 세상에 알려야 되겠다……."

한용범은 이를 악물며 정신을 가다듬었다.

"그래 바로 그거야. 세상에 알려야 되겠다! 얼마나 좋은 기회냐. 미군정을 이번 기회에 물고 늘어지자. 지역 주민들의 의분을 이용하여 정세를 장악하자! 빨갱이들로서는 국민들이 미군정에 등만 돌린다면 성공이니까!"

권혁은 숨 가쁘게 한용범을 몰아세웠다.

"재판받은 일본 장교 송환반대 때문에 미군정이 얼마나 골머리를 썩은 줄 알아? 한재범이 군정청에 근무했다면서 말리지도 않았어? 임마, 넌 배정식 사건을 김철우하고 의논해서 터트리고는 잠수한 거야! 언제부터 김철우랑 장안파와 연결됐어?"

권혁의 말이 끝나자마자 몽둥이가 한용범의 어깻죽지를 내리쳤다. 한용범은 한차례 비명을 내지른 뒤 고개를 흔들었다.

"아니오! 난 김철우와 아무 관계없고, 서울서 내려왔다는 그 사람도 모르오!"

"백서를 수십 군데나 보냈는데 왜 하필 공산당, 그것도 장안파에서만 내려왔냐 말이야? 이 새끼야, 그걸 제대로 설명해야 될 거 아니야! "

또다시 매타작이 시작되었다. 정말 참을 수 없는 건 한 놈이 한용범의 발을 잡고 다른 한 놈이 발바닥을 사정없이 가격할 때였다. 머리에 강한 전류가 통하는 듯하여 잠시잠시 까무러치기도 했다.

"물에 처넣어! 수장 당한 놈 진상을 밝혔으니 니놈이 수장 맛을 한번 봐야지!"

대원 두 명이 한용범을 의자에서 끌어내려 한쪽 구석에 마련된 나무 물통으로 끌고 갔다. 호흡을 어떻게 미리 조절할 새도 없이 머리가 물통 속에 처박혔다. 하나, 둘. 한용범은 가빠 오는 숨결과 터질 듯한 가슴 때문에 몸부림쳤다. 하지만 아무리 고개를 쳐들려 해도 머리는 엄청난 바위덩이에 눌린 듯 꿈쩍도 하지 않았다. 그의 의식은 물속이 아니라 까마득한 어둠, 깊이를 헤아릴 수 없는 심해에 가라앉아 있었다.

의식을 잃고 축 늘어져 바닥에 뉘어진 한용범을 내려다보고 권혁은 창고를 나왔다. 고함지르고, 때리고, 앞뒤 말을 맞춰 보며 몰아세우고, 답변의 빈틈을 다시 비집어 드느라 긴장된 몸이 땀에 흠뻑 젖어 있었다. 마당으로 나왔지만 밤공기는 후덥지근했다.

허리를 돌리며 몸을 풀고서 담배를 한 대 붙여 물려는데 문에 기댄 채 졸고 있는 방위대 입초가 눈에 띄었다. 권혁이 다가가 군홧발로 정강이를 걷어차자 입초는 풀썩, 그 자리에 주저앉았다. 긴장을 풀기 위해 밖으로 나왔지만, 아직도 권혁의 몸은 먹이를 향해 세웠던 날카로운 발톱과 팽팽한 근육으로 터질 듯했다.

담배를 두 대나 이어 피운 다음 그는 다시 창고로 걸음을 옮겼다. 쓰러져 누운 채 겨우 의식을 되찾은 한용범을 의자에 앉히고 권혁은 다시 신문을 시작했다.

"언제부터 장안파와 연결됐어? 네놈이 인민위원회처럼 노출된 공식기구에 참여하지 않은 건 박헌영파가 조선공산당을 장악했기 때문이잖아? 소수파니까 수면 위로 떠오를 기회도 없고 필요도 없었던 거지! 가입 시기만 말해!"

"나는 장안파나 재건파, 어느 쪽도 모르오! 배 위원장 사건을 알기 위해 그쪽 사람이 내려왔다는 것도 일이 끝난 뒤에 이야기로 전해 들었을 뿐이오."

"끝난 걸 가지고 왜 다시 시작하려고 그래. 어쨌든 넌 일찌감치 조공 비밀당원이야! 그러니까 읽은 책장 앞으로 다시 넘길 생각 말고 가입 시기나 불어!"

"아니오, 난 가입한 적 없소!"

"야, 이놈의 새끼 달아 올려!"

한용범의 몸이 망가지도록 두들기고, 매달고, 코에 고춧가루를 흘려 넣는 일이 다음 날 해가 뜰 때까지 반복되었다. 그러나 권혁은 한용범으로부터 김철우와의 관계나 공산당 가입 시일, 직책 등을 밝혀낼 수 없었다.

재판과 관계없는 수사였기에 자백을 받아 내고 조서에 도장을 찍는 일은 실상 아무 의미가 없었다. 전방에서는 물론 후방에서도 좌익분자에 대한 처리는 재판절차 없이 즉결처분이 가능한 상황이었기에, 한용범 하나를 공산당 세포로 만들어 죽이든 살리든 하는 일은 중요하지 않았다. 제대로 된 물건으로 만들어야 했다. 지금 당장 대진은 물론 부산이나 마산에서 잡아들일 수 있는 몇 놈이라도 붙들어 엮어야만 작품이 되는 것이다. 한용범 처리에 대한 권혁의 고민은 거기에 있었다.

다음 날, 하숙집에서 잠깐 눈을 붙이고 권혁은 늦은 점심을 먹기 위해 미성옥으로 갔다.

그 시각, 권혁보다 먼저 미성옥에서 점심을 먹고 있는 두 사람이 있었다. 부읍장 박대순과 그의 재종형 박대호였다. 동생을 찾아 형이 읍사무소로 오자 때가 때인지라 식사를 같이 하게 된 것이다. 밥상을 앞에 두고도 두 사람 사이에는 찬바람이 돌았다.

"일거리를 찾아 하게 할 일이지 일을 만들어 주다니, 그기 될 소린가. 그 사람들 무서운 건 세상이 다 아는 일인데 범 아가리에다 애매한 사람을 밀어 넣어? 넓거나 좁거나 한 지역서 몇십 년을 같이 살면서, 밑구멍까지 다 안다는 것도 정이라면 정이고 인심이라면 인심인데, 무슨 새로운 기 나올 끼라고 내맡겨."

아까부터 시작된 재종형의 비난을 듣고 있던 박대순이 참을 만큼 참았다는 듯이 쏘아 댔다.

"전쟁이 났으이 다르단 말이요. 어느 놈 속이 빨간지 흰지는 지금부터 진짜 알 일이라요. 괜히 잘 모르시면서 나서지 마이소. 죄 없으면 나올 끼고 죄 있으몬 당하는 기고 그런 기지, 별 수 있어예? 그라고 그런 일이 어디 대한민국 천지서 여기서만 있습니까. 나라가 망하니 어쩌니 하는 판에 사람 하나가 무슨 대수란 말입니까!"

한용범을 해군첩보대에서 잡아갔다는 소식을 듣자마자 박대호는 '이놈들!' 싶었다. 어제 파견 나온 군인들이 누가 누군지를 알아 당장 조사를 벌인단 말인가. 결국 그들이 한용범을 붙들어 간 건 읍내 내부에서 누군가가 찔렀다는 소리였다. 박대호가 마음 상한 것은 가뜩이나 사람 다치기 쉬운 이때에 읍에서 행세깨나 한다는 놈들이 밉거나 곱거나 같은 읍 사람들을 보호하는 쪽으로 대갈통을 돌리지 못한다는 데 있었다. 전쟁이 나자 동생이 지서 주임 이주호와 방위대장 김기환, 의용경찰 장치구와 더불어 읍내에서 무서울 것 없이 설쳐 댄다는 걸 잘 아는 그로서는 그 서운함을 동생에게라도 풀어 놓고 싶었던 것이다. 기회가 된다면 동생을 통해서 한용범을 조금이라도 덜 다친 상태에서 풀려나게 하고 싶기도 했다.

"사람 하나가 별거 아니라니? 난세니까 사람 목숨 하나가 더 중한 기다! 그리고 삼라만상에 끝이 없는 시작이 없는 건데 사람이 나중 생각도 해야지!"

박대순은 형의 뒷말에 왈칵하고 말았다.

"형님 지금 하는 말씀이 내가 무슨 뒤가 켕길 일이라도 하고 있다는 깁니까? 내가 한용범일 무얼 어쨌단 말입니까?"

그러고는 평소 마음에 담아 둔 듯한 한마디를 더 쏘아붙이고 말았다.

"사람이 갑자기 변해서 좋을 거 하나 없다 캅디다!"

열 살 손위 형에게 뒷말은 하지 않았어야 했지만 성질이 날 대로 난 그로서는 이것저것 가릴 계제가 아니었다. 온갖 흙탕물 다 덮어쓰고 산 사람이 언제 변했다고 이러느냐, 박대순의 말은 그런 뜻이었다.

일제 때 박대호는 만주서 레코드 영업 일을 하면서 주색잡기로 세월을 보내다 광복 후에는 서울에서 미군정의 통역 중에서도 끗발 있는 상공관계 통역 하나를 붙들고 적산(敵産) 브로커 노릇을 했다. 그때 한용범의 형인 재범을 귀찮게 하면서 덕을 봤다는 말도 있었다. 그러던 그가 일 년 전에 고향에 내려왔을 때는 떼돈을 벌었다는 소문과 달리 가게 하나 마련할 돈만 가지고 왔을 뿐 아니라 사람까지 완전히 변해 있었다. 이해관계로 동업자가 보낸 주먹패들의 칼침을 맞고 사경을 헤매다 살아난 뒤로 그렇게 변했다는 이야기였다. 박대순이 알기로 무슨 별난 종교에 빠진 것도 아니어서 그 변화는 더욱 놀라울 수밖에 없었다.

"그런 말 마라."

박대호가 말했다. 동생의 말뜻을 헤아렸다는 듯 그의 음성은 가라앉아 있었다.

"고향을 오래 떠나 있어 보면 고향이 다시 보이고, 죽음 앞에서 보면 사는 기 달리 보일 뿐이다."

동생 박대순이 외면하고 있어 그의 말은 공허하게 들렸지만 박대호의 얼굴은 편안했다.

권혁이 모습을 드러낸 것은 그 참이었다.

"어서 오세요!"

경도댁의 인사소리가 들리더니 권혁이 현관 안에 들어서 있었다. 손님이라곤 둘뿐인 데다 방문을 열어 놓고 있던 참이라 박대순이 그를 보고 자리에서 일어났다.

"대장님, 오랜만입니다."

박대순이 깍듯하게 인사를 하는 사이에 경도댁이 "어디서 드시나?"라고 주춤거리다 덧붙였다.

"혼자 잡숫는 기 어디 맛이 나겠어요……."

"그럼요."

방문 앞에 엉거주춤 서 있던 박대순도 자기가 있는 방을 권했다. 미성옥은 일본식 살림집을 가게로 만들었기에 단체손님이 아니라면 안방에 해당하는 넓은 다다미방에서 같이 식사를 하게 되어 있었다. 박대순으로서는 재종형이 꺼림칙했지만 권혁은 이미 문지방에 엉덩이를 걸친 채 군화끈을 풀고 있었다. 권혁의 까칠한 얼굴과 핏발이 가시지 않은 눈을 보는 순간 박대호는 지난밤에 시달렸을 한용범의 형편이 떠올라 가슴이 쓰렸다.

　　"장어구이를 드릴까? 아침에 들어온 기 있는데."

　　경도댁이 물잔을 채우며 물었다.

　　"그럴까요. 힘 쓸 데는 없지만 아무거나 잘 먹으니까."

　　"권하는 경도댁이 참한 아가씨나 소개해 줄라나, 허허."

　　권혁의 말에 박대순이 거들어 잠시 웃음이 터졌다. 민물장어가 정력에 좋다는 건 모두가 아는 사실이었다. 박대호는 권혁에게 먼저 말을 붙이기도 뭐해서 얼굴을 부드럽게 하면서 그냥 앉아 있었다. 어쩌면 동생은 자신이 자리에서 먼저 일어나길 기다리는지도 몰랐다. 박대호는 그런 생각이 들었다.

　　"나는 초면인데, 인사나 나눕시다."

　　그가 먼저 말을 건네자 박대순이 그제야 잊고 있었다는 듯이 형에게 고개를 돌렸다.

　　"아 참, 소개가 늦었군요. 제 재종형님 되십니다."

　　박대순은 거기서 잠시 말을 끊었다. 자기와의 관계만 밝히고 말 수는 없었다. 그는 느릿하게 덧붙였다.

"장거리에 점포 가지고, 그냥 노시지요. 아시는 거라고는 만주 이야기하고……."

박대순은 군정 때 브로커 노릇을 했다는 말까지 덧붙이려다 겨우 참았다.

"만주 이야기, 그게 보통 이야기인가요. 선배들 말로는 대련사령부에서 한번 근무해 보는 게 소원이었다던데."

권혁은 기골이 장대한 데다 머리를 아주 짧게 깎은 박대호가 인상적이었다.

"이 양반 자랑이 대련, 신경, 만주 바닥을 손바닥 보듯 안다는 긴데, 잘 됐네요."

밑반찬부터 내온 경도댁이 어색하지 않게 두 사람 사이를 거들고는 다시 주방으로 나갔다.

"아, 대련에 계셨습니까?"

권혁이 풀어진 얼굴로 박대호를 대했다.

"아, 우리 형님이야 유성기판이나 팔러 다녔지 제대로 본 게 어디 있을라고요."

"레코드판 말입니까? 그것도 영업이 있었군요."

박대순의 말은 거꾸로 권혁의 호기심을 불러일으켰다.

"고복수, 타향살이, 그거 참 정신없이 팔 때가 전성기였지요. 회사서 미리 찍어 낼 수 없을 만큼이나 주문이 막 밀렸으니까. 그게 참 이상한 기, 본래 고복수의 그 판 앞면은 이원애곡(梨園哀曲)이라고 유랑극단 배우 신세 노래한 기고, 타향살이는 뒷장에 있었어요. 그런데 앞면이 아니라 뒤엣 기 붙이 붙었어요. 본래 제목도 그냥 '타향'인가 그랬는데 그기 어느새 타향살이로 바뀌고, 한 달 만에 오만 장이 나갔으니 굉장했지요."

"그 시절에 오만 장이라면 대단하군요."

권혁이 젓가락을 들면서 말했다.

"그 시절에 레코드 판매하는 직업을 가졌다니 그것도 특이합니다."

"출장원이라고, 별나다면 별난 직업이었죠."

일본에서 상업학교를 마친 박대호는 공부에 취미도 없고 고향에 돌아가는 것도 마땅찮아 도쿄에 머물면서 이 일 저 일 닥치는 대로 하다 요행히 규모가 제법 큰 일본인 잡화가게에서 일하게 되었다. 성격이 활달한 데다 장사수완도 있었던지 주인의 신임을 얻다 1930년 중반경에 만주로 건너갔다. 만주국을 세우고 중국 본토를 넘보던 일본의 최전성기였다. 처음 봉천의 자그마한 일본인 회사에서 일하다 먼저 와 있던 선배의 소개로 대련의 데이치쿠 레코드사로 옮겼다. 데이치쿠는 일본과 조선 외에도 만주 시장을 겨냥하여 대련에 본사를 두고 있었다. 박대호의 일은 만주 전역을 돌면서 레코드 주문을 받는 출장원 자리였다. 몇 달 뒤에 출고될 레코드 견본 판을 가져가서 미리 들어보게 하고 특약점으로부터 선주문을 받는 게 주된 업무였다. 한 번 나가면 한 달은 수월하게 넘겨 버리니 만주에 있는 웬만한 도시를 다 도는 셈이었다. 옮겨 다니는 게 힘은 들었지만 구경하는 재미가 수

월찮았다. 월급도 좋은 데다 가는 곳마다 특약점의 대우가 한 맛 더 있었다. 소만 국경지역까지 갈 수 있는 대련경시청의 특별증명서까지 안주머니에 넣고 다녔으니 그야말로 거칠 게 없었다.

하지만 박대순에게 그 이야기는 지겨운 것이었다. 그는 남은 밥을 먹으면서 자기 형의 이야기를 듣고 있는 권혁의 표정을 살폈다. 권혁은 천천히 수저질을 하면서 형의 이야기를 한마디씩 거들고 있었다. 한용범을 결딴냈을까? 그러나 첩보대 대장이란 사람이 남이 읽어 낼 표정을 지을 리는 만무했다. 더 앉아 있어 보았자 자기만 싱겁게 되겠다 싶은 데다 점심시간도 한참 지나 있었다. 대진에서 남의 이목 꺼릴 게 없는 그였지만 그래도 공무원 신분에 전시였다. 박대순은 금딱지 손목시계를 보는 시늉을 하고는 "시간이 벌써 이리 됐네." 하면서 엉덩이를 들었다.

"그럼 전 먼저 일어납니다."

권혁은 "가십니까?"라면서 고개만 잠시 그에게 돌렸다가 "그래, 대련 이야기를 좀 더 해보시죠." 하고 박대호에게 말했다.

"이거 뭐, 경도댁이 날 선무당 만드는 거 아닌지 모르겠네. 대련 있는 날보다 출장 다니는 시간이 더 많았는데……."

박대호로서는 동생이 떠난 자리가 널러 보이고 마음도 넉넉해지는 기분이었다.

"아시겠지만 대련이란 데가 바로 옆의 여순과 같이 본래 노서아가 조차해서 항구도시로 만든 곳 아닙니까. 그러다 노일전쟁에 패하고 일본이 이어받았는데 도시 계획은 노서아의 것을 그대로 따랐다고 합다. 신시가지는 대광장을 중심으로 도로가 방사상으로 쭉쭉 나 있는데 구라파식 건물이 즐비하고 가로수가 참 좋지요. 다른 만주 도시들하고 다른 기 우선 깨끗하다는 건데, 군인이나 민간인 할 것 없이 만주서 일본인들이 가장 살고 싶어 한 곳이었다 합다. 해군장교들 구락부도 있는데 일 때문에 겨우 한두 번 가 봤지만 참 멋집다."

"차라리 해군보다 비행기에 대해 더 잘 안다는 자랑은 와 안 하요. 맨날 만만한 사람 잡고는 니 아까돔부 타 봤나 하더니만."

권혁의 옆에 앉아 찬 시중을 들던 경도댁이 거들었다.

"아까돔부라면 잠자리, 그게 비행기 이름 아닙니까?"

권혁은 경도댁이 내온 차가운 청주를 두 잔째 들면서 호기심을 보였다.

"육인승 단발기지요. 대련서 출장을 시작하려면 기차로 봉천 가서 거기를 시발점으로 삼을 수도 있고, 아니면 안동서 출발할 수도 있는데 안동까지 아까돔부가 갑다. 몇 번 타 봤는데 그게 발해만이라는 바다 끄트머리를 휙 가로질러 압록강을 조금 타고 올라가다 덜컥 내리지요."

박대호는 바람이 조금만 불어도 심하게 흔들리던 비행기 창밖으로 내려다본 압록강이 눈에 잡히는 듯했다.

"그, 보통 경험이 아니군요. 역시 만주란 데가 여러 가지로 재미있었다더니 맞나 보네요."

"아까돔부 타 본 거야 그냥 내놓는 자랑이고, 진짜 재미는 따로 있었을 걸요. 하얼빈 이야기는 와 안 해요? 피부가 밀가루 같다는 노서아 여자들부터 온갖 나라 여자들 다 모여든 곳이라면서. 말 나온 김에 그 자랑도 한번 해 보시지 그래요?"

경도댁이 웃으며 말했다.

"어허, 무슨 소리! 내가 언제 그런 말을 자주 하던가? 초면인 분 앞에서."

"여자 이야기라면 남자들이야 모두 신나는 일 아니겠어요, 허허. 객지도 보통 객지가 아닌데…… 근데, 두 분이 만만하게 가까운 사이로 보입니다."

권혁은 지금 자신이 한가로운 이야기를 나누고 있다는 걸 알면서도 그냥 내버려두고 있었다. 까칠한 입이야 뜨끈한 장어국물에 진작 풀어졌지만 머릿속의 긴장은 쉬 수그러들지 않고 있었다. 그는 엉덩이를 좀 더 붙이고 마음까지 풀고 싶었다. 그리고 이야기를 나누는 두 사람이 어쩐지 불편하지가 않았다.

권혁의 말끝에 잠시 경도댁과 박대호는 서로를 외면했다. 박대호가 헛기침을 터뜨리고는 입을 뗐다.

"한참 지난 옛날 정인데도 눈치가 보입디까? 이거 참 큰일 났네…… 사실 내가 좋아했지요. 그렇지만 우리 젊은 시절에야 사는 형편들이 그랬으니 뭐가 마음먹은 대로 되나요. 일본이다 만주다 옮겨 다닐 수 있을 때에다 무엇보다 먹고살아야 했으니까. 내가 만주 갔다면 저 사람은 일본에 건너가고, 그렇게 세월만 흘러가 버리고 말았지요."

"첨 보는 분한데 별 소리를 다 하신다."

경도댁이 무안한 웃음을 보이며 자리에서 일어났다.

나이에 어울리지 않게 안 해도 될 이야기를 박대호가 굳이 한 것은 권 대장이라 불리는 이 군인에게 어떤 인상이라도 심어 놓고 싶어서였다. 그게 이해타산이 아니라 주민들을 조금이라도 조심스럽게 대해 줄 수 있는 계기가 된다면 그것으로 충분했다. 거기다, 권혁을 조금이라도 더 미성옥에 붙들어 둘 심사도 있었다. 이 사람이 여기에 엉덩이를 눌러붙이고 있는 시간이 길면 길수록 한용범이 숨 돌릴 시간도 그만큼 늘어날 것이었다. 그는 경도댁과 자신의 과거 이야기 끝의 화제로 자연스럽지 못하다 싶긴 했지만, 권혁에게 긴한 한마디라도 빨리 던져 두어야겠다 싶었다.

"식사가 다 끝났으니까, 만주 이야기 하나만 더 해도 되겠습니까? 만주는 여러 민족들이 섞여 살잖습니까? 그래도 사는 데 나름대로 질서 같은 기 있습데다."

이런저런 이야기를 해 오면서 박대호의 머릿속에는 권혁이 읍내에서 힘깨나 쓴다는 자들과 다른 시각으로 임무를 수행해야 한다는 말을 전해야 한다는 생각이 가득했다.

"도시의 큰 공중목욕탕에 가 보면 물을 차례대로 쓰게 만들어 두었어요. 눈여겨보지 않으면 모를 정도로 물이 아주 완만하게 흘러내려 다음 칸의 탕에 모이도록. 일본인들이 데운 물을 깨끗하게 먼저 쓰고 그 다음 물을 조선인이, 다음엔 한족이, 마지막엔 만주족이니 혁철족이니 하는, 이름도 귀한 사람들이 쓰지요. 그래도 그게 가능한 기 앞에 물을 쓰는 사람들이 그런대로 뒷사람, 밑의 사람들을 배려하면서 썼기 때문이지요. 그런 면은 특히 일본인들이 잘 지켰어요. 그에 비해 우리 조선사람들은 이등 시켜주는 그것도 민족 우월이다 싶어 목욕탕뿐 아니라 다른 데서도 여러 가지 낯 뜨거운 짓 많이 했지요."

그쯤에서 박대호는 잠시 숨을 돌렸다.

"더운 여름에 목욕 이야기가 안 어울리지만, 퍼뜩 그 생각이 나네요."

찬물로 입을 헹구던 권혁이 말뜻을 헤아리는지 한참 있다가 "그렇군요, 그런 신경을 썼군요." 하고 고개를 끄덕이며 일어날 기색을 보였다.

"좋은 이야기 들으면서 맛있게 먹었습니다. 근데."

권혁이 다시 상 앞으로 몸을 당겨 앉으려다 "아니, 됐습니다. 저도 이만 일어서야겠습니다."라고 말하면서도 엉덩이를 들지는 않았다. 첫 자리치고는 이야기가 편하게 길어진 데다 뭔가 새겨 들어 주었으면 하는 뜻을 전하려고 애쓰는 게, 읍의 형편을 다른 눈으로 보고 있는 사람 같다는 생각이 권혁을 눌러앉혔던 것이다.

"대진에 유명한 목사님이 계시다면서요?"

"유명한 목사?"

박대호는 남 목사도 이 사람 귀에 들어갔구나 싶어 마음을 가다듬었다.

"맨손으로 학교 세운 것도 그렇고, 교육방침도 독특한지 해방되고 여러 학교 선생님들이 견학을 왔지요. 그쪽 방면으로는 상당히 유명한 분인 모양입디다."

박대호는 잠시 숨을 돌리고는 말을 이었다.

"근데, 권 대장님이 지금 유명하다고 하는 말씀은 그런 뜻이 아닐 테고, 아마 잘 따지기로 유명하다는 그런 뜻이 아닌가 싶기도 하네요, 하하. 관에서 하는 일에 뒷말이 있을 수도 있으니까, 몇 번 나서서 항의를 했지요. 어쨌든 교회서 기도나 하는 조용한 목사님이 아니라는 점에서 그런 소리를 들을 수도 있겠습니다."

박대호는 그쯤에서 입을 다물었다.

"네, 활동적인 분이신가 보네요. 이거, 점심시간이 길었습니다."

권혁이 자리에서 일어났다.

"오늘 자리가 초면인데 내가 쓸데없는 소리를 많이 한 거 아닌가 모르겠습니다."

따라 일어나며 박대호가 말했다.

"별 말씀을 다 하십니다."

권혁이 떠나고 잠시 뒤, 배웅을 한 경도댁이 박대호가 있는 방으로 다시 들어왔다.

"한용범이 이야길 했소?"

"그 이야길 어찌 대뜸 하겠노."

"하기사."

경도댁은 더 묻지 않고 고개만 아래위로 조금 끄덕였다.

"뒤에는 지나가듯이 남 목사를 들먹이데."

"오만 소리가 귀에 안 들어가겠소."

"사람이 우째 보이데?"

이번에는 박대호가 물었다.

"사내가 사내를 알아보지 여자가 봐서 뭘 알끼요만 빈상(貧相)은 아니네요. 그것만 해도 안 낫겠소. 제 꼴이 궁상스러우면 세상살이도 꼭 그렇게 힘들게 산답디다."

"하는 일이 사람을 만드는데…… 고생 조금 덜하고 더하는 건 아무것도 아니지. 목숨이라도 부지해서 나오는 기 제일이지."

"모르겠소. 이번 일, 절반은 한용범이 그 사람 본인의 운하고도 관계 안 있겠소. 사람 목숨이 파리 목숨인 판이니 그런 소리를 전혀 엉뚱하다고는 못 할 끼요."

두 사람은 제각기 부채질을 해 대며 느리게 이야기를 이어 갔다.

권혁은 박대호와 나눈 이야기를 떠올리며 파견대 쪽으로 걸어 내려갔다. 의용경찰대장 장치구를 만난 것은 시장통 앞에서였다. 앞서 오던 장치구가 느닷없이 차렷자세로 경례를 척 올려붙이자 뒤따르던 졸병 두 놈도 얼결에 손바닥을 귀에 갖다 붙였다. 권혁은 손만 슬쩍 들어 보였다. 첫날 치안관계자들이 모인 자리에서 짐작했듯이 장치구는 읍장의 처조카였다.

파견대로 돌아온 권혁은 우선 마당 뒤편 우물가에서 발가벗고 찬물을 몇 바가지 덮어썼다. 늦잠을 자고 세수만 하고 나온 데다 걸어오는 동안 온몸이 땀에 젖어 있었다. 하지만 정작 그가 씻어 내고 싶은 것은 어지러운 머리였다. 한용범을 어떻게 얽어맬 것인가. 재종간이라는 박씨 형제가 보여 준 뭔가 어긋나는 태도는 무엇이며 한용범이란 놈과 어떤 관련이 있느냐. 그는 빨랫줄에서 빳빳하게 잘 마른 삼베수건을 걷었다. 두 끝을 잡고 등부터 밀어 대자 삼베는 금세 풀이 죽어 버렸다. 그는 팔, 다리, 가슴 순으로 살갗이 따갑도록 삼베를 박박 문질러 갔다. 일본군 시절 북해도 출신 하사관으로부터 냉수마찰을 배웠다는 고참을 따라 하다 어느덧 한겨울에도 빼먹지 않는 버릇이 되어 있었다.

첫물을 쓰는 사람들은 밑의 사람들을 배려해서 깨끗하게 썼습니다. 한용범? 아니면 읍민 모두를 잘 배려해 달라. 박대호라는 사람은 그 말을 하고 싶었던 것이다.

권혁은 물을 한 바가지 더 덮어썼다. 거기다 남 목사란 자는 여기저기 나서 바른 소리깨나 했다는 거고.

냉수마찰을 마친 권혁은 사무실로 들어갔다. 책상에 엎드려 졸고 있던 부하 두 놈이 몸을 바로 세웠다.

"연락은?"

"전화통지문이 왔습니다."

책상 위의 전통문에는 이렇게 쓰여 있었다. '피난민 가장 오열

침투에 대한 검문 계획 보고'

"이봐, 곽 하사. 애 하나 데리고 지서에 가서 검문소 설치할 만한 데 추천받아 현장 확인하고 와! 여기 일은 누구한테든 일절 입 닫고!"

권혁은 그 말 뒤에도 부동자세로 서 있는 부하에게서 눈길을 떼지 않았다. 그 자신과 부대가 읍민들의 주목을 받을 이유는 여럿이겠지만 지금은 한용범을 잡아들인 게 주의를 끄는 가장 큰 원인일 것이었다. 점심 자리에서 부읍장이 자기 눈치를 살피던 것이며 만주에서 레코드회사 출장원을 했다는 부읍장 재종형의 이야기도 그런 맥락일 수 있었다. 지서에서는 귀를 더 크게 세우고 있을 게 틀림없었다.

권혁은 선 채로 한용범의 조사서를 다시 읽어 보았다.

일본유학 지식분자, 당 가입 시기는 유학시절, 조선공산당 비밀당원 지방 거점책. 건준 참여 후 인민위원회 등 통상적 좌익분자 전면 부상 시 비참여. 일본해군사령부의 배정식 수장사건 시 서울의 김철우와 진상백서 작성 배포로 미군정에 대한 인심 배리(背離), 자파(自派) 이익 선점 기도. 연락망? 협력자?

자신이 보아도 맺힌 데 없는 조서였다. 권혁은 손에 쥐고 있던 종이를 와락 구겨 책상 위에 내던지고 취조실로 쓰는 창고로 갔다.

창고 벽에 기대 졸던 한용범은 문이 열리는 소리에 눈을 떴다. 의자에 앉는 한용범의 무서울 정도로 퀭한 눈을 권혁은 자신도 모르게 외면하고 말았다. 어깨를 비롯한 등허리, 정강이에서 번져 나온 피가 말라 옷 위로 딱지를 이루고 있었다.

권혁은 한용범의 경남지역 인맥과 광복 후의 행적은 물론 두 차례 치러진 국회의원 선거 때의 지지성향까지 광범위한 조사를 다시 시작했다. 그는 우선 주임이 일러준 1948년 5·10 국회의원 선거부터 파고들었다.

"그때 누구 지지했어?"

"네?"

"5·10선거 때 누굴 지지했냐고?"

"그때……."

단독정부 수립의 첫걸음이 5·10선거였고, 대통령은 국회에서 선출하게 되어 있었다. 단정 수립에 반대하는 좌익 쪽의 조직적 방해와 남북협상파 정당의 불참 속에서 어수선하기는 했지만 첫 직접선거인지라 유권자들의 관심은 뜨거웠다. 선거를 일주일 앞두고 읍장이 찾아왔다. 그는 당시 국민회(대한독립촉성국민회) 측 후보의 대진읍 조직 부책이었다.

"한 선생, 우리 쪽 후보 지지 좀 해 주소. 한 선생 한마디에 당선이 판가름나요."

뒤에 한 말은 한용범 집안의 소작 부치는 사람들 표를 두고 한 말일 것이었다. 그러나 한용범은 자신의 지지가 판세에 영향을 준다는 말도 우스운 데다 무엇보다 민주주의 시대에 토지를 빌미로 정치적 영향력을 행사한다는 건 말이 안 된다고 생각해,

특정 후보를 지지하지 않기로 일찌감치 선을 그어 두고 있었다. 그가 선거 때문에 신경이 쓰이는 이유는 정작 다른 데 있었다. 얼마 전 친한 사람들끼리 모인 자리에서 국민회 측 후보의 경력을 두고 "그런 사람은 당분간 조용히 있는 게 좋지."라고 한 말이 부풀려 퍼지면서 한용범이 무소속 후보 중의 누구를 지지한다는 소문이 났다. 국민회에서 미는 후보는 일제 때 경남도의회 위원을 연임하면서 식량공출이나 징용 독려에 앞장선 국민총동원연맹 등의 관변 공직에 몸을 담았던 인물이었다.

한용범은 읍장에게 자신은 누구를 공개적으로 지지할 뜻은 없다고 말해서 돌려보냈다. 떠도는 소문에 대해서도 적극 해명하지 않은 것은 그렇게 하는 게 오히려 말을 만든다는 판단 때문이었다. 그러나 그 뒤 국민회 소속 후보가 낙선하자 자기를 두고 이승만 박사 반대편이라느니 심지어는 사상이 의심스럽다는 말까지 나돌았다. 그런 일이 있었기에 보련이 만들어질 때 적극 가입 대상이 되어 괴롭힘을 당하면서, 배정식 사건 말고도 그때 생각이 나지 않을 수 없었다.

"국민회 후보는 안 된다고, 무소속 후보 지지했잖아!"

"무소속 지지한 것도 아니고 국민회 쪽 사람 반대한 것도 아닙니다. 그냥 내 개인 의사를 사적 자리에서 표명한 것뿐입니다."

"개인 의사? 그게 선거 운동이지 뭐야, 친일한 사람 안 된다는 주장은 바로 공산당 주장이고. 니놈이 단정 수립에 공개적으로 반대하고 나설 수 없었으니 선거 때 그런 식으로 합법적으로 나선 거잖아. 넌 갈데없는 조공 비밀당원이야!"

권혁의 고함과 함께 다시 몽둥이가 날아들었다.

몇 시간을 두고 매질과 비명소리가 오갔지만 권혁은 아무것도 얻어 낼 수가 없었다.

그는 마당으로 나와 담배를 피우며 첫날 대진읍 사무소에서 들은 이야기와 회식자리를 다시 떠올려 보았다. 전쟁이 이런 읍 동네에서는 얽히고설킨 유지놈들 세력 다툼의 기회가 된다는 생각도 해야겠지. 그리고 주임이 말을 아끼는 대진읍 비상시국대책위원회도 신경이 쓰였다. 권혁은 초조하면서 기분이 무거웠다.

웅덩이의 물을 빼면

"영감, 용주골 못에 살찐 붕어도 물 빼고 나몬 어찌 돼요?"

박대순의 말을 듣고 앉은 이 부자는 눈만 껌벅거릴 뿐 선뜻 입을 열지 못했다. 부읍장이란 사람이 도대체 마을 뒤의 못이며 붕어 이야기를 왜 하는지 알 수가 없었기 때문이다. 더욱이 그 말을 아들이 몇이냐, 이름이 어떻게 되며 나이는 얼마씩이냐를 조곤조곤 따져 묻다가 하는 것이라 영감으로서는 더더욱 어리둥절할 수밖에 없었다. 용주골 이 부자로 불리는 그가 읍내 사람들 입에 한번씩 오르내리는 이유는 일자무식의 소작인으로 시작해서 순전히 가족들 노동으로 재산을 일궜기 때문이다. 뒤늦게 끄트머리 자식 둘만 겨우 소학교를 나오게 했을 뿐이니, '자식 하나에 나락 스무 섬'이라는 말이 나올 만도 했다.

그의 집에 부읍장과 대한청년단 단장에다 방위대 대장까지 겸한 자가 들이닥친 것은 늦은 저녁을 물린 지도 한참인 밤중이었다. 한 사람은 말쑥한 양복을 입었고 다른 사람은 군복차림이었다. 이 부자 내외와 열이 넘는 식구가 다 일어나 수선을 떨자 방위대장 김기환이 점잖게 한마디 했다.

"어른께 긴히 드릴 말이 있어 온 거니 다들 방에 들어가서 주무세요."

그래도 읍내에서 십리 길을 온 높은 사람들이라 큰며느리가 급하게 술상을 내오자 방위대 대장이 "전시에 공무 보러 온 사람에게 이런 거 대접하는 것도 죄가 됩니다." 하는 바람에 물도 한 잔 내놓지 못하고 방으로 걸어 들어갔다.

"시방 내가 물은 기 자식 나이 외는 거보다 쉬운 거 아니요?"

박대순이 이 부자를 다그쳤다.

자리에 앉자마자 박대순이 대뜸 꺼낸 말이 자식들의 나이였다. 부읍장이란 사람이 한밤중에 갑자기 찾아와서 묻는 게 자식들 나이라니, 이 부자는 얼척이 없었다. 늘상 자식들 나이 외우고 사는 부모도 없을뿐더러 아들만 일곱이나 되다 보니 이 부자는 더듬거릴 수밖에 없었다. 그 모양을 지켜보던 박대순이 호주머니에서 종이 한 장을 꺼내서 큰아들 누구는 서른아홉, 둘째 누구는 서른일곱하면서 베껴 온 호적부를 줄줄이 읽어내려갔던 것이다.

"자식들 나이는 아까 내가 다 기억시켜 주었으이, 못에 물 빼몬 붕어나 가물치가 어찌 되는가 답을 해 보소."

이 부자는 부읍장의 다잡는 본새로 보아 대답 않고 넘어갈 일이 아니다 싶었다. 자식들 이름이며 나이를 더듬대는 걸 한참 내버려 두고 있었던 걸 생각하면 이러다 날이 샐까 무섭기도 했다.

"그야 웅덩이 물 빼몬 괴기들이 그냥 잽히지."

"나는 못이라 카는데 영감은 웅덩이라 카네. 웅덩이 퍼서 고기 잡을 줄만 알지 못에 물 빼는 건 못 본 모양이네. 그런데 바로 안 잡고 내버려 두몬 배때기가 허여이 드러난다는 소리는 와 안 하요?"

박대순이 느긋하게 따지고 늘어졌다. 방위대장이란 사람은 목석같이 앉아 있기만 하고 부읍장 혼자 말을 하는 것도 이 부자에게는 신경이 쓰였다. 거기다 한 사람은 사투리를 쓰고 다른 한 사람은 점잖은 서울말을 하는 것도 이 부자를 헷갈리게 하고 있었다.

"웅, 그기, 그리 되제."

"배때기 허여이 드러낸다, 해 보소!"

"그기, 땡볕에 두몬, 팔딱기리다 배때기 허여이 드러내지."

이 부자가 아이들 글 외우듯이 또박또박 말했다.

"그래, 팔딱거리다 배때기 드러내고 죽지요! 자, 그건 서로 말이 맞았네."

박대순이 다음 말을 꺼냈다.

"우리가 영감 못에 물을 뺄라 카요."

"웅? 그기 어데 우리 못이어야제, 동네 끼지."

"아따, 이번에는 말이 빨리 돌아오네. 용주골 못이 영감 끼 아니고 수리조합 거라는 걸 대진 사람 누가 모르요? 내 말은 용주골에서 농사 제일 많은 사람이 영감이고 그 물 덕을 제일 많이 보니까 물을 다 빼몬 영감이 어찌 되나, 그 말 아니요."

이 부자는 눈을 깜박거리다 무슨 대꾸라도 하지 않으면 욕을 볼까 싶어 한마디 했다.

"논농사가 어렵제……."

"그렇지요?"

박대순이 무릎을 조금 당겨 영감 앞으로 다가앉았다. 그리고는 목소리를 낮추면서 또박또박 말했다.

"진짜 내 말뜻은 못이 아니라, 영감 자식들 허연 배때기를 보겠다 그 말이요."

"응?"

이 부자가 다시 눈을 바쁘게 깜박거렸다.

"다시 공부해야겠네. 아들이 일곱이지요?"

이 부자가 고개를 끄덕였다.

"큰아들하고 둘째 아들은 군에 갈 나이가 넘었지요?"

이 부자가 또 고개를 끄덕였다.

"방위대 보초 서는 아들이 셋째지요?"

"올도 나갔다 아이가."

"그라몬 남은 아들이 몇이요?"

"응, 민석이 밑으로 넷이제. 군에 둘 갔고."

부읍장과 방위대장이 호적부까지 적어 와서 따지는 걸 보고 이 영감은 아무래도 자식들 군대 문제인가 싶다는 짐작이 있어 그제야 자식 둘이 군에 갔다는 말을 꺼냈다.

"남은 자식 중에 여섯째가 열아홉이고 막내가 열여덟인데 우선 여섯째한테 영장이 나올 끼요."

"우에 둘이나 갔는데?"

이 부자의 목소리가 높아졌다.

"그라고, 여기 방위대장님이 계시지만 큰아들 빼고 둘도 방위대 소집할 끼요."

박대순이 할 말을 다 했다는 듯이 엉덩이를 뒤로 물리고 입을 다물었다.

"그기 무신 소리고? 군에 둘 갔고 방위대에 하나 갔는데 큰아 빼고 다 델고 나간단 말이가!"

이 부자가 일어설 듯 엉덩이를 들었다 놓으며 소리를 높였다. 그때 김기환의 오른손이 바람처럼 움직인다 싶더니 이 부자가 숨 넘어가듯이 캑캑거렸다.

"목소리 낮춰요. 안 그러면 영감, 죽소."

김기환은 그렇게 내뱉고서야 이 부자의 뒷덜미에서 손을 풀었다. 이 부자는 막혔던 숨을 힘없이 캑캑거리며 목을 어루만졌다. 힘이 쭉 빠지면서 정신이 다 달아나는 것만 같았다. 김기환이 문밖을 신경 쓰다 천천히 말했다.

"우리가 어디 이 밤중에 영감님 욕보이러 왔겠어요. 걱정 말고 부읍장님 말씀 잘 들어 봐요."

"우리 김 대장님은 참 신사라, 일본군 하사관까지 했으이 달라도 뭐가 달라."

박대순이 다시 나섰다.

"읍에 군이 온 거는 알지요? 그것도 무시무시하다는 첩보대요. 우리 읍에 숨은 빨갱이 잡으로 왔으이 고마운 일 아니요. 읍내 사는 한용범이 알지요? 그 사람을 어제 첩보대에서 잡아갔소. 한용범이 알아요, 몰라요?"

"이름이야 알지……."

"알 수 없는 기 사람 속이니 언 놈이 수박인지 알 수가 있나. 혹시 영감도 수박 아닌기요?"

"수박?"

"수박 겉은 무슨 색깔이요?"

"그야, 퍼렇지."

"속은요?"

"안은 빨갛제."

"빨간 건 뭐요?"

"응?"

"속이 빨간 놈이 빨갱이 아니요, 빨갱이!"

"내가 와? 내가!"

이 부자는 화들짝 놀라 더듬거렸다.

"그건 우리 두 사람이 첩보대에 말하기 나름이요. 오늘밤 영감 하는 거 보고."

"너무 걱정하실 거 없어요."

김기환이 나섰다.

"요새 부읍장님이 전시 업무 본다고 신경이 많이 날카롭소. 주민들 성향 다시 파악해야지, 영장 내야지, 일이 얼마나 많겠어요. 말 나온 김에 영감님 남은 자식들 영장 문제하고, 방위대 문제는 우리가 알아서 선처할 테니 특별 기부금을 좀 내시지요."

김기환의 말이 끝나자마자 박대순이 재빨리 받았다.

"논 열 마지기로 하몬 안 되겠나 싶은데."

"응?"

이 부자가 엉덩이를 들다 김기환의 부릅뜬 눈을 보고는 풀썩 주저앉았다.

"오늘 당장이야 되겠어요. 내일 다시 올 테니 그동안 생각 좀 해 보시죠. 그리고."

김기환이 허리를 쭉 펴면서 말했다. 영감의 두 배는 되어 보이는 그의 상체가 벽에 그림자로 흔들렸다.

"오늘 밤에 우리 셋이 나눈 이야기를 누구한테 말하면 안 되겠지요?"

이 부자는 눈만 끔벅거리고 있었다.

"말해서는 안 된다는 것쯤은 알 거요. 우리가 요새 주민들 성향 파악하고 다니고 있어요. 좌익인지 아닌지, 그거 내사 중이니까 일급 기밀이란 말입니다."

이 부자의 눈이 더욱 바쁘게 끔벅거려 어지러울 정도였지만 김기환은 더욱 매섭게 눈길을 맞추고 매조졌다.

"특별 기부금은 아무한테나 부탁하는 게 아니에요. 이승만 박사 존경하는 믿을 만한 사람한테만 하는 겁니다. 부인이나 자식한테 우리 셋이 나눈 이야기 일절 하지 말고 혼자 잘 생각했다 내일 대답해 주시오. 우리는 갈 테니 영감님은 나오지 말고 그대로 방에 앉아 있어요."

박대순이 느릿하게 일어나며 문으로 몸을 돌리는 김기환의 등에다 대고 말했다.

"대장님, 내일 밤에 올 때는 총도 메고 한청 애들 몽둥이 들려 옵시다. 밤길에 빨갱이 나올까 겁나네."

두 사람이 나가고도 꼼짝없이 제자리에 붙어 앉았던 이 부자는 한참이 지나서야 아랫도리가 축축하게 젖은 것을 알았다.

돌아오는 길에 두 사람은 의용경찰대장 장치구를 만났다. 용주골과 너실 길이 만나 읍내로 들어가는 길목에서였다. 장치구는 혼자였다. 대진 바닥에서 통금 지나 돌아다닐 사람이 손을 꼽을 정도인 데다 푸른색 도는 장치구의 경찰복이며 박대순과 김기환이 입고 있는 복장도 눈에 띄는 것이라 그들은 멀리서도 서로를 알아보았다.

"거기도 바쁘네?"

"낮에는 시간이 안 나고, 밤이슬이라도 맞아야제 우짭니꺼."

박대순의 말을 장치구가 그렇게 받아넘겼다.

"너실에 갔던가?"

김기환이 묻자 장치구는 고개만 끄덕였다.

지금은 나이가 들어 손을 놓았지만, 너실마을의 허약국은 풍맞은 사람들을 침으로 잘 다스려 꽤나 이름을 얻은 이였다. 그의 아들 셋 중에서 대학을 다니던 둘째가 1948년 5월 단독정부 수립을 위한 선거 때 체포되어 취조 중 사망했다. 조사 중에 유치장에서 자살을 했다는 것인데 그거야 모를 일이었다. 그 일 뒤로 큰아들은 장질부사로 급사를 했고 서울에서 형과 같이 유학하던 막내는 월북을 했는지 행불이 되어 아주 망한 집이 되고, 혼기를 놓친 외동딸이 부친을 돌보고 있었다. 요시찰 대상이기는 했지만 자리보전이 어려울 정도로 허약국은 병이 깊었고 딸을 두어 번 불러 조사를 했지만 별 혐의를 찾을 수 없는 데다 수발할 사람도 없어 그냥 두고 있는 상태였다. 장치구는 그런 형편의 허약국 딸을 수시로 찾아가 위협하다 오늘 밤에 기어이 요절을 낸 것이었다.

　너실 하면 허약국이고, 허약국 하면 당장 떠오르는 게 나이는 들어도 미모가 보통이 아닌 딸이니 박대순과 김기환은 속으로 이 친구 봐라 싶었다.

　"허약국 집에는 다른 소식 없제?"

　그래도 박대순이 재미 삼아 한번 찔러는 보았다.

　"야. 그래도 한 번씩 살펴는 봐야지요."

　장치구는 장치구대로 이 두 사람이 용주골 누구 집에 갔을까를 생각 중이었다.

　"오늘 밤에는 트럭도 안 움직이고, 다 한가하네. 별도 좋고."

김기환이 하늘을 보며 한마디 했다.

"권혁이 한용범이를 제대로 조지고 있을라나."

"한 껀수 못 올리몬 그 자리가 아깝지요."

두 사람의 말을 들으며 김기환은 맑고 높은 하늘을 다시 쳐다보았다. 그는 다른 생각을 하고 있었다. 누구에게도 말할 수 없고, 어쩌면 자신에게도 아직 입을 열 수 없는 무엇.

얼마 뒤 세 사람은 읍 입구에서 방위대 사무실과 읍사무소, 그리고 지서로 제각기 흩어졌다.

제 것이 아닌 인생

한용범은 첩보대에 불려 간 지 사흘 만에 석방되었다.

사람 데려가라는 통보를 받고 한용범의 여동생 한시명은 행랑아범과 같이 첩보대로 달려갔다. 그녀의 올케는 해산 후더침으로 누워 있었고 한용범이 구속된 뒤로 대진 집에 머물던 큰오빠 한성범도 부산에서 손을 써 보겠다고 내려간 뒤였다.

보초에게 옷을 넘겨주고도 한참 뒤에야 한용범이 방위대원의 부축을 받으며 나왔다. 그녀는 몰라보게 초췌한 얼굴에 몸을 제대로 가누지 못하는 한용범을 보고 눈물부터 흘렸다.

한시명은 행랑아범 등에 업힌 오빠가 집으로 들어가는 걸 보고 바로 자혜의원을 찾았다. 얼마 전부터 병원 문이 닫혀 있다는 걸 알면서도 마음이 급해서인지 그녀는 큰길가에 서 있었다. 정신을 차린 한시명은 골목으로 빠져 탱자나무 울타리가 늘어선 뒤채의 살림집으로 들어섰다.

"언니! 숙희 언니!"

저녁 해가 드리운 넓은 마당은 무섭도록 조용했다. 제 색깔을 자랑하는 여름 꽃이 한창인 정원도 눈에 익은 그대로고 민 원장의 유일한 취미인 소나무 분재들도 제자리를 지키고 있었다. 시명은 자신의 기분을 탓하며 안마당으로 들어섰다.

"언니, 시명이에요!"

양숙희는 마당에서 들려오는 소리를 그제야 들었다. 그녀는 시아버지 민 원장이 지서에 붙들려 간 뒤로 제대로 손에 잡히는 게 없는 데다 총소리가 났다는 소문까지 듣고는 그저 멍하니 넋을 놓고 지낼 때가 많았다.

그녀는 오랜만에 들어 보는 한시명의 목소리가 반가웠다. 그렇지 않아도 용범 오빠가 군 수사대에 잡혀갔다는 소식을 듣고도 오늘내일 하며 미적대던 차였다.

"시명아!"

마루로 나오며 양숙희는 한시명을 맞았다.

"언니, 막내오빠가 나왔어요!"

"그래? 언제? 참 다행이구나!"

양숙희는 시아버지가 풀려났다는 소식마냥 진심으로 반가웠다.

한시명은 고문으로 엉망이 된 오빠에게 우선 급한 대로 처치가 필요하다는 말을 했다.

"여름이라 상처가 농하지는 않을까 그게 걱정이에요."

"오빠가……."

양숙희는 그저 무서웠다. 시아버지는 무사하실까.

"빨리 가야지. 내, 정 양 부를게."

양숙희는 허둥댔다.

"병원에 정 양이 있어? 안 나오는 줄 알았는데."

"병원 문은 닫아 두었지만 출근은 하지."

병원으로 통하는 문을 열고 들어간 양숙희는 잠시 뒤 왕진가방을 든 간호사 정 양과 같이 집을 나섰다.

한용범은 뼈마디가 부러진 것 같지는 않았지만 피하출혈이 심하고 살이 찢어진 데도 여러 곳이었다. 양숙희는 우선 정 양과 함께 한용범의 상처를 소독하고 치료했다. 간호사가 없는 일요일이나 밤중에 급한 환자들이 찾을 때 시아버지 민 원장을 도와 왔던 그녀는 반 의사요 간호사였다.

정 양이 먼저 돌아가고, 정신을 가다듬은 한용범이 양숙희에게 민 원장 소식부터 물었다.

"지서 주임을 한 번 만나기는 했는데 자기도 상부 지시를 따르는 거라서 어쩔 수 없다는 말밖에는 하지 않았어요."

"그 사람인들 그렇게 말하는 수밖에 없겠지……. 그 뒤 소식은?"

밤중에 트럭이 움직이고 총소리가 났다는 말이 돈 뒤로 지서에 잡혀간 사람이 있는 가족에게 가장 중요한 소식은 잡혀간 사람이 아직 미창에 있느냐 없느냐 하는 거였다.

"아버님이 아직 미창에 계신다는 말은 들었어요."

"그래? 다행이구나. 내 형편이 이러니 네 걱정만 크구나."

한용범이 힘없는 소리를 하고는 눈을 감았다.

"오빠부터 빨리 회복하셔야죠."

양숙희는 남매같이 지내 온 지난 시간의 정과, 두 집안이 당하는 어려움이 새삼스러워 그예 눈물을 흘리고 말았다. 그동안 매일같이 가슴 졸이며 마른 울음만 삼켜 오던 그녀였다. 한시명이 손수건을 꺼내 양숙희에게 건네며 같이 눈물을 보였다.

한용범이 잠이 드는 걸 보고 가족들은 방을 나왔다.

"언니, 내 방에 좀 앉았다 가."

한시명이 시집가기 전에 쓰던 뒤채로 양숙희를 이끌었다. 산모 방에서 갓난아기의 울음소리가 들려왔다.

"오늘은 그냥 갈게. 오빠도 주무셔야 하고, 나까지 괜히 번잡스럽게."

양숙희는 무성하게 자라 오른 마당의 여름 꽃들을 잠시 바라보다 마루에서 내려섰다.

"참, 손 선생에게서는 편지가 자주 와?"

올봄에 결혼한 시명의 남편 손태영은 마산중학교 영어교사였다.

"훈련소에서 배치받아 곧 떠난다는 편지 뒤로는 아직 없어."

"얼마나 바쁘겠니. 그래도 통역장교면 큰 부대에서 근무할 테니 너무 걱정 안 해도 될 거야."

한시명의 배웅을 받고 골목 담장을 걸어 나온 양숙희는 그래도 사람이라도 붐비는 이 집이 더없이 부러웠다.

읍내 사람들에게 보통 양 선생이라고 불리는 그녀의 친정아버지 양성수는 3·1운동 때 대진서 만세 시위에 앞장선 독립운동가였다. 2년 6개월의 옥고를 치르고 나온 그는 국내에서의 활동에 더 이상 희망이 없다고 생각했는지 하나뿐인 아들을 데리고 중국으로 떠났다. 자리를 잡는 대로 아내와 딸을 부를 계획이었겠지만, 처음 얼마간 인편으로 안부만 전해지다 얼마 뒤부터는 영영 연락이 끊겼다. 부자 모두 만주에서 죽었다느니 소련으로 넘어갔다느니 하는 말이 떠돌다 그것도 잠잠해지고 해방 뒤에도 소식은 없었다. 한때 만주 생활을 오래 한 박대호가 발 벗고 나서 보았지만 행적을 제대로 추적하기는 어려웠다. 그녀의 어머니가 눈을 감은 것도 그 무렵이었다. 남편과 아들을 떠나보내고 홧병을 앓던 그녀에게 기다림의 한계는 그나마 3·8선이 열려 있던 때까지였던 모양이었다.

양숙희는 신작로를 피해 골목길로만 걸어 집으로 가고 있었다. 지서 앞은 물론 시아버지가 갇혀 있는 미곡창고 부근을 지나간다는 것 자체가 너무나 고통스러웠다. 시아버지 생각 따라 김기환이라는 방위대장 이름이 떠올랐다. 그녀가 시아버지 소식을 전해 들을 수 있는 유일한 사람이었다.

시아버지 민 원장이 잡혀간 다음 날 아침 일찍 그녀는 갈아입을 옷을 챙겨 들고 지서로 갔지만 면회가 허용될 리 없었다. 어떻게 소식이나 듣고 옷을 건네줄 수 있을까 하고 길가에 무작정 서 있는데 "원장님 자부분이지요?"라고 말을 붙여 온 사람이 김기환이었다. 그를 따라 지서에 들어가 주임까지 만났지만 주임이 한 말이라고는 "상부 지시에 따라야 하니, 나도 딱하네요."라는 한 마디뿐이었다. 김기환이 "남의 눈도 있고 하니 집에서 조용히 기다려 보시지요."라면서 먼저 자리에서 일어나는 바람에 양숙희는 입도 한번 열지 못하고 주임 방을 나왔다.

그날 뒤로 양숙희는 주임이나 방위대장을 따로 만나 볼 염을 내지 못하고 있었다. 그러던 그녀도 미창에 갇힌 사람들을 불러내 죽인다는 소문을 듣고 더 이상 앉아 있을 수가 없어 방위대 사무실을 찾아갔지만 마침 김기환은 출타 중이었다. 그날 저녁 무렵, 김기환이 양숙희의 집으로 찾아왔다. 김기환이 집에 들어섰을 때 그녀는 무조건 반가웠다. 응접실로 쓰는 서재로 들일까 어쩔까 망설이는데 그는 마루에 걸터앉아 듣고 싶은 말부터 했다.

"주임을 만나고 오는 길인데 원장님은 아직 여기 계시답니다."

"아, 네! 고맙습니다."

양숙희는 목이 메어 오는 기분이었다.

"엄마! 군인아저씨다!"

방에서 혼자 놀고 있던 아들이 뽀르르 마루로 나오며 그녀의 무릎에 앉았다. 김기환은 웃음 띤 얼굴로 아이를 보았다.

"아저씨가 군인이야? 그래 맞다, 군인!"

그 말을 던지고 김기환은 일어났다.

"일이 있어 가야 합니다. 걱정이 되시겠지만 기다려 보시죠. 저도 계속 신경을 쓰겠습니다."

그날 이후 양숙희는 김기환이란 사람을 무턱대고 기다려야 하는지, 자신이 사무실이나 집으로 한번 찾아가야 하는지 여태 망설이고 있었다.

양숙희는 대문 앞에서 잠시 멈추어 섰다. 무얼 더 생각해 봐야 한다는 마음이면서도 걸으면서 차오른 더위로 머리가 무거웠다. 손에 쥐고 있는 손수건은 근심과 긴장으로 가득 찬 자신의 마음이 그대로 옮겨졌는지 축축하게 젖어 있었다. 하얀 바탕에 분홍 꽃이 그려진 손수건은 시명이가 건네준 것이었다.

그녀는 우선 병원부터 가 보았다. 정 양은 혼자 진료실 앞 의자에 앉아 자수를 놓고 있었다.

"문 잠그고 그만 가지 그랬어. 누구 찾아온 사람은 없고?"

"약 타러 두 사람이 와서 원장님 처방대로 지어 주고, 주사 맞으러 온 사람은 돌려 보냈어예."

7월 이후로 약품이며 의료기기를 가져다 주는 사람이 통 나타나지를 않고 있었다. 마산 약포상에 전화를 내 봤지만 재고가 없다는 대답뿐이었다.

"약도 인자 별로 안 남았어예."

"아주 급한 사람 아니면 약도 못 주겠다. 근데 정 양은 간호병 지원할 거라면서 자수나 놓고 있어?"

양숙희는 대답을 하면서도 자수에서 손을 놓지 않고 있는 정

양에게 화제를 돌렸다.

"하던 기라 마저 해야지예. 안 그래도 모레쯤 대구로 올라가 볼까 해예."

"그래라. 마음 먹었으면 빨리 해야지."

말은 그렇게 하면서도 속으로는 서운했다. 몇 해째 가까이 지내 온 정 양이었다.

"재준이는 아직 안 왔네."

"학교가 놀기도 좋고 시원하지예."

아들은 집안일을 돌보는 모산댁이 점심 뒤에 국민학교에 데리고 가 있었다.

"벌써 여섯 시가 다 돼 가네. 정 양도 그만 집에 들어가."

"그럴까예. 사슴 다리 하나만 마저 마치고……."

정 양은 고개도 들지 않고 자수에 정신이 팔려 있었다.

안채로 돌아온 양숙희는 거실 소파에 앉았다. 그녀는 남편이 전사한 뒤 거실에 내놓은 사진들을 모두 앨범에 넣어 서재의 책장으로 옮기고 결혼식 사진 한 장과 대학 교복을 입고 찍은 남편의 독사진 한 장만 자기 방에 두었다. 그러다 보니 거실은 휑뎅그레한 느낌을 주고 있었다. 그녀는 그늘이 내려오는 마당과 꽃나무들을 멍하니 바라보다 거실 양편의 방들로 시선을 돌렸다. 방 네 개짜리 일본식 집은 지금 그녀에게 너무 크고 넓었다. 용범 오빠가 고생은 했지만, 그래도 사람들이 복닥거리는 시명이 집을 부러워할 만큼 그녀 옆에는 사람이 없었다. 시아버지의 집안이 너르고 출입하는 이들이 많다지만, 막상 왕래는 없었다. 해방 뒤 서울에서 사람이 내려오고 이래저래 연락이 오갔지만 시아버지가 대진을 떠나지 않겠다는 고집을 꺾지 않자 집안과의 관계도 처음처럼 소원해졌다.

양숙희는 고녀(高女)를 다닐 때에야 자신의 학비를 대 주는 이가 한시명의 부친뿐만이 아니라는 걸 알았다. 한시명의 부친이야 형편이 어려운 인재들을 도와주고 있다는 걸 대진 사람이 다 아는 일이었지만 민 원장은 뜻밖이었다. 그녀가 당황스러웠던 건 민 원장의 외아들 민성우 때문이었다. 시명의 집에서 그를 자주 볼 수 있었던 건 민성우가 한용범을 친형처럼 따랐기 때문인데, 언제부터인가 그녀의 마음 한켠에 그에 대한 연모의 정이 싹트고 있었다. 하지만 민성우는 그녀가 넘보지 못할 대단한 집안의 일본 유학생이었다.

그렇게 마음은 마음대로 시간을 따라 희미해져 가고 있을 무렵 민성우가 그녀 앞에 나타났다. 그녀가 학교를 졸업하고 부산에서 직장을 다니고 있던 때였다. 퇴근을 하려는데 사환 아이가 전화를 넘겨주었다.

"양숙희! 나 민성운데 부청 앞의 은좌라는 카페에 있다."

민성우는 제법 술에 취해 있었다. 갸름한 얼굴에 어딘가 차가운 우수가 깃든 인상이 더 두드러져 보였다.

"아침 배 내려 기차 타고 해운대로 가서 바다를 보는데 너 생각이 나더라. 시명이와 같이 놀러 갔던 가포 바다 기억하지?"

학창 시절, 양숙희와 민성우는 한용범 가족과 마산 가포 바닷가에서 이틀을 보낸 적이 있었다.

그녀는 고개만 끄덕였다.

"그래, 해운대서 점심 반주 좀 하다 시내로 다시 왔는데…… 대진이야 오늘 못 가면 내일 가도 되고, 아무래도 봐야겠다 싶어서……."

두서는 없었지만 그가 자기를 보고 싶어한 것만은 확실했다.

"집에 무슨 일이 있으세요? 방학도 아닌데 어찌 나왔어요?"

민성우는 양복 차림이었다.

"집에 일이 있어? 그게 차라리 백 번 낫지, 백 번 나아! 아니, 집에 일이 있으면 내가 이렇게 한가해? 아이구, 내가 말을 잘못했군. 한가해서 불렀다면 숙희가 서운하지. 하하하!"

그때 카운터에 앉아 있던 남자들 중 한 명이 그들이 앉은 테이블로 왔다.

"즐거운 일이 있나?"

눈초리가 매서운 일본인은 민성우에게 신분증을 보자고 했다. 양숙희는 상대방이 형사라는 생각에 긴장하고 있는데 민성우는 태연했다.

"음, 약혼자인가?"

"그렇습니다."

서류를 돌려주던 남자가 양숙희를 슬쩍 살피며 묻자 민성우가 대답했다. 그녀는 갑자기 부드러워진 남자의 태도며 오가는 말이 의아했다.

"몸을 생각해서 많이 마시지 마."

남자가 제자리로 돌아간 뒤 당황한 양숙희가 물었다.

"도대체 무슨 일이에요?"

"맞춰 봐. 우리 양숙희, 얼마나 머리가 좋은지 한번 보자."

민성우는 웃기만 했다.

"왜 사람을 앞에 앉혀 놓고 알 수 없는 말만 자꾸 하고 있어요?"

"화 내지 마."

맥주를 한 잔 마시고 나서 민성우가 목소리를 낮춰 천천히 말했다.

"내가 보여 준 건 학병 지원으로 인한 휴학 증명서, 그리고 내하숙집이 있는 경도의 관할 경찰서에서 발행한 내선(來鮮) 사유서야. 그러니 제법 대우받을 자격이 있지."

"오빠도 가야 해요?"

학병 소리에 놀란 그녀는 약혼자 소리는 따져 보지도 못했다.

"나라고 왜? 더 빨리 가야지, 명망 높은 의사 아버지 덕분에."

그녀도 신문에서 학병 지원자의 기사를 자주 보고 있었다. 물론 신문에 날 정도니 유명인들의 자제들이었다.

"재밌지 않니? 아버님은 할아버지가 싫어 시골에 숨어 사는데 그 손자인 나는 그런 아버지 덕에 우리 군에서 손가락 안에 드는 순위가 되었으니."

잠시 뒤 그는 여전히 시니컬한 목소리로, "그러고 보니 인생이 제 것이 아니라는 점에서는 내 앞에 앉은 양숙희도 똑같구먼. 넌 양성수 선생의 딸로 평생 살아야 하잖아."라고 덧붙였다.

택시를 타고 송도 바닷가로 가서 양숙희가 못 마시는 술을 몇 잔 한 것은 전쟁에 나가야 하는 민성우에 대한 안타까움뿐 아니라 그에게서 동병상련을 느꼈기 때문이었다. 그날 그녀는 짧은 소문으로만 막연하게 알고 있던 민성우의 부친에 대한 이야기를 제법 들었다. 그의 부친은 엄청난 권세를 가진 집 자식이자 동경 유학생이면서도 시골의사로 살고 있었다. 그러나 그녀는 민 원장의 집안 이야기보다 자신을 돌아보기에 바빴다.

양숙희가 자라면서 가난보다도 더 견디기 어려웠던 건 주위의 눈이었다. 3·1만세로 옥고를 치른 독립운동가의 딸은 세월이 흐르면서 고생만 바가지로 하는 애비 없는 집 딸이 되었고, 무엇보다 지서 순사들의 감시가 그녀를 현실적으로 옥죄었다. 사범학교 진학이 막혀 고녀를 간 것이고 대학 학비를 대 주겠다는 한시명 집안의 도움을 마다하고 일본인 담임 추천으로 부산에서 직장을 잡은 것도 그녀 자신이 택할 수 있는 주위와 자신에 대한 최선의 반항이었는지도 몰랐다. 흠모와 동경의 대상이기만 했던 민성우에게서 또 다른 자신의 모습을 본 양숙희는 슬픔과 기쁨이 하나일 수도 있음을 알고 몸을 떨었다. 그러므로 그녀는 송도 여관에서 민성우가 자기를 안으며 "우리 결혼하자. 우리가 행복하게 살면 이 힘든 세월을 지울 수 있을 거야. 난 네가 고녀 다닐 때 가포 밤바다에서 나를 보던 그 영롱하게 빛나던 눈을 기억해.”라고 속삭일 때 손가락 하나 움직일 수가 없었다.

양숙희는 졸음에서 깨어나듯 정신을 차렸다. 정 양이 퇴근 인사를 하고, 아들 재준이가 “엄마!”라고 외치며 문을 들어선 건 거의 동시였다. 재준이는 남편의 전사통지서를 받고 난 뒤에 낳은 유복자였다. 그녀는 마당으로 뛰어 내려가 땀에 젖은 아들을 꼭 껴안았다.

“우리 재준이 잘 놀았어?”

시아버지 민 원장이 그녀에게만 쓰는 경상도 말이 약간 섞인 목소리로 “니가 걱정 많았제.” 하며 지금 마당에 들어서 주기만 한다면 자신의 삶은 완벽하다고, 양숙희는 아들의 볼을 비비며 생각했다.

비상시국대책위 사람들

한용범이 풀려난 다음 날 밤, 읍사무소 2층에서는 대진읍 비상시국대책위원회가 열렸다. 긴 명칭만큼이나 위원들 숫자도 많았지만 중요한 결정은 행정과 치안 쪽 책임자들 손에서 이루어졌다.

화제는 역시 다급해져 가는 전세였다. 모인 날짜도 전쟁이 발발한 지 꼭 한 달 되는 25일이었다.

"이러다 진주도 내주는 거 아닌가 모르겠네."

위원장인 국민회 회장이 먼저 입을 떼자 몇 사람이 나섰다.

"진주가 여서 얼마라고예? 미군이 속속 부산부두에 내리고 있다는데 서부경남으로는 언제 들어올란고? 대전 내주고 나서 전라도는 아예 무주공산일 끼고, 국군이나 미군도 안동, 대구 쪽만 신경 쓰는 거 아인가 모르겠습니다."

"대구만 중요하고 진주, 마산은 안 중요한가? 대구보다는 진주가 부산서 더 가까운데. 의령, 창녕은 또 어떻고?"

"낙동강까지 밀릴 수도 있겠지요. 집중 방어가 가능하고 저놈들 보급선이 늘어질 대로 늘어질 테니."

군인 출신답게 방위대장 김기환이 전술적인 이야기를 내놓았다.

대진은 지형상 왼쪽과 정면 두 곳에서 공격을 받을 수 있었다. 왼쪽은 마산 쪽이었는데 그 무렵 북한군 6사단은 전라남도를 지나 서부경남으로 넘어갈 준비를 하고 있었으며, 정면의 4사단은 낙동강 중류를 바짝 압박하고 있었다.

어느 정도 자기들이 들은 소식과 아는 식견을 털어놓고 나자 회의실은 잠깐 침묵에 빠졌다. 침묵 속에서 사람들이 생각하고 있는 것은 역시 풀려난 한용범이었다.

"그만한 끗발 갖고 겨우 사흘 만에 풀어 주다이 사람이 보기보다 겁쟁이네."

읍장이 그렇게 운을 뗐다. 감기 기운은 벌써 다 떨어졌지만 워낙 몸을 챙기는 사람이라 술자리는 아직도 피하고 있었다.

"그라고 쌩판 모르는 동네에 들어온 사람이, 찍은 놈들 처리만 해 주면 되지."

"그래 말입니다. 이 시국에 군에서 족치다 쥑이도 고만이고, 혐의가 있거나 말거나 그냥 총알 한 방 멕인들 누가 뭐라 할 끼라고 풀어줄꼬. 이쪽으로 넘가나 주든지, 의논 한마디 없이 풀어줘 가꼬 읍에 소문만 나게 하고…… 한용범이 같은 놈은 언젠가는 악물할지도 모르는데."

부읍장 박대순이 끝에 덧붙인 말 때문인지 자리는 잠시 무거워졌다.

"권 대장이 진급을 생각한다면 큰 물건을 캐야 하는데 한용범이가 큰 물건인가는 싶어도 줄기에 달려 나오는 게 없으니까 내보낸 거 아닐까요."

한참 있다 김기환이 말했다.

"혐의는 가는데 딱 뿌라지는 증거는 없고 같이 묶일 놈들도 없다 그 말인데, 그런 거 만들어 내는 데가 특무대지 뭐가 특무대인고?"

읍장이 말했다. 읍장은 권혁이 통제부 지투(G-2) 소속이라는 걸 알면서도 급한 김에 육군특무대 소리를 했지만 거기에 대해 입을 대는 사람은 없었다.

"주임은 우찌 생각하요?"

위원장이 왼손으로 턱을 받친 채 가만히 앉아 듣고만 있는 이주호를 바라보았다. 그는 손을 내리고 자세만 고쳐 앉았지 얼른 입을 떼지 않았다.

"우리 주임, 고민이 많겠다."

읍장이 한마디 거들었다.

"군에서 한 번 잡아간 놈, 경찰에서 또 한 번 잡아들인들 뭐 어떻겠어요."

지서 주임 이주호의 말투는 딱딱했다. 다들 입을 다물고는 있지만, 한용범이 풀려난 뒤 읍내에서는 지서에서 애매한 사람을 첩보대에 찔렸다느니, 아무 건덕지가 없으니 군에서 풀어준 거라느니 하는 소문이 돌고 있었다. 이주호로서는 신경이 쓰이는 정도가 아니라 아예 모욕처럼 느껴지고 있었다.

"군에서 한 번 잡아들인 그 자체로 그놈은 벌써 빨갱이가 되었다고 볼 수도 있지요."

"그거 말 되네. 첩보대에서 손댄 놈 하나 어데서 쥑인들 그기 문제가 되겠나."

김기환의 말에 박대순이 은단 통을 꺼내며 고개를 끄덕였다.

"잡아들일라 카몬 하루라도 서둘러야 할 거라예, 한 번 당해놔서 빠져나갈 궁리도 안 하겠십니꺼."

그동안 구석자리에서 입을 꼭 닫고 있던 장치구가 한마디 했다. 위원장이 너털웃음을 터트렸다.

"우리 의용대장도 많이 컸다."

위원장은 두 손으로 안경을 고쳐 쓰고는 부읍장에게 눈길을 돌렸다.

"박대호 씨는 요새 어떻노?"

위원장은 뭔가 마음에 안 드는 말을 할 때는 꼭 안경을 고쳐 쓰는 버릇이 있었다.

박대순이 멈칫대자 위원장은 비꼬듯 말했다.

"한용범이 그 친구 풀려난 뒤 이런저런 이야기들이 있다며? 부읍장 형님도 그런 데 빠질 사람이 아니잖아."

박대순은 며칠 전 미성옥에서 재종형과 권혁을 만났던 기억을 떠올렸다. 읍사무소로 돌아왔을 때 읍장이 업무처리를 두고 그를 찾고 있었기에 변명 삼아 재종형에게 붙잡혀 있었다고 투덜대기도 했었던 것이다.

"그 양반이 어데 나서는 사람입니까, 내니까 몇 마디 물어나 보고 그러지요."

박대순은 기분이 상했다. 이런 자리에서 재종형의 이름이 거론되는 만큼 자신의 운신 폭이 좁아질 것이기 때문이었다.

"동네마다 별난 사람은 꼭 한둘씩 있는 기라. 출입은 못해도 뒤에 앉아 방구깨나 뀌는."

읍장이 한마디 했다.

"방구깨나 뀐다고?"

위원장이 잠시 생각하는 눈치더니 말을 이었다.

"하기사 예전부터 박대호 같은 사람들은 있었지. 벼슬에 나가지도 않고 먹고살 만은 하면서, 세상을 방문 열고 삽짝 안 내려다보는 듯 살다가 자기 딴에는 한 번씩 입바른 소리 한다고 여기는 그런 사람. 방외인이라 카나, 비밀스런 건지 신비스런 건지 적당히 그런 거로 둘러싸여 있어 속에 든 기 똥인지 묵은 된장인지 옆의 사람들은 절대 모르는 그런 인간들 말야. 자기 속을 안 보이니 옆에서 말을 만들어 내기도 하고……. 하긴 고을에 그런 사람 한둘이 있는 거야 재미로 볼 수도 안 있겠나. 분수만 지키고 조용히 산다면야."

위원장의 시선이 다시 자기에게로 돌아올까 박대순은 아예 외면을 했고, 다른 사람들은 모두 고개를 끄덕였다.

"역마살도 평생은 안 가는 모양이제? 서울서 돌아오고 나서는 꿈쩍도 않고 뒷방 차지하고 앉은 거 보면은. 소일은 뭐로 하노?"

박대순에게 눈길을 준 사람은 읍장이었다.

"마산 나가서 묵은 일본책 사 들고 와서 읽고, 활터에는 요새도 나가는지……."

"군정시절에 사업하다 칼침 맞고 대진 내려왔다는 소리도 그게 맞는 건지, 소문인지 알 수가 있어야지. 위원장님 말씀처럼 옆의 사람들이 이야기를 자꾸 만들어 내는 건지."

김기환도 한마디 거들었다.

"허허, 봐라. 지금도 우리가 그 사람 말 만들어 주고 안 있나? 자, 인자 다른 얘기 하자."

위원장이 좌중을 둘러보았다.

"남 목사도 있고…… 민 원장도 아직 창고에 남아 있어요."

이주호가 말했다. 그에게 관할 내 보련 관계자 중에서 사회적 명망 쪽으로 가장 신경 쓰이는 인물은 민 원장 한 사람뿐이었다. 일제 때 독립운동을 했니 어쩌니 하는 쪽일수록 좌익일 확률이 훨씬 높다는 것이 그의 확신이었다. 그런데 신경도 쓰지 않던 민 원장이 하룻밤 새에 도 인민위원회에 이름을 올려 버린 것이었다. 민 원장은 주민들에게 줄 영향이나 파급효과 때문에, 좌익에 이름을 올리는 순간 전력이며 활동에 관계없이 갑으로 분류될 수밖에 없는 처지였다.

"민 원장?"

위원장이 말을 받았다.

"그 양반 말이 나와서 말인데, 팔일오 뒤에도 여기 계속 눌러앉은 것도 이상하지만, 좀 거슬러 생각해 보면 본래부터 막스보이였는지도 모르지. 일본 유학한 돈 많은 집 자식 중에 빨간 책만 읽고 물든 놈들이 많았거든. 집안 형편이나 성격상 그 양반은 어데 가입은 안 하고 혼자 몰래 사회주의 사상에 경도되었다가 본색을 드러냈는지도 모르지."

한마디쯤 할 수 있는 이주호는 가만있고 김기환이 입을 열었다.

"그럴 수도 있겠네요. 거기다 자기대로 부친에 대한 고민이 안 있었겠습니까. 워낙 드러난 이름이니까 미안한 마음에 속죄도 할 겸해서 이름이라도 엎고 싶었는지 모르지요. 팔일오 뒤에 그런 사람들도 더러 있었을 테니까."

김기환이 그렇게 말한 것은 민 원장의 부친이 일제 때 손에 꼽히던 친일거두인 데다 이런 읍에서 병원을 개업한 데 대한 여러 가지 추측까지 보태진 소리였다.

"아따 우리 김 대장 해석 한번 거창하네. 위원장님 말씀처럼 자기 맘이 본래 있던 거 아니겠나, 나는 그리 보지. 하여튼 양숙희 그년도 지지리도 복 없는 년이지, 서방 죽고 시애비 저 꼴 나고."

읍장이 김기환의 말을 받았다. 뭘 그런 소리까지 하느냐는 말이 목구멍까지 올라왔지만 김기환은 참았다. 용주골 이 부자 집에 갔다 오던 밤길에 하늘을 보며 떨리듯 다가왔던 감정을 자신에게까지 더는 속일 수가 없었다.

"사람이 다 지 운명이란 기 있기는 있는 모양이제. 뭐, 지금이야 당장 어쩔 거 있나. 두고 기다려 보지 뭐."

위원장이 하품이 나오는 입을 막으며 말했다.

"밖에 있는 남 목사가 골치 아프지, 갇힌 원장이 뭐 걱정이고."

읍장이 입을 열었다.

"목사라꼬 빨갱이 아이라는 법 있나? 나는 그 인간 하는 짓이 하나부터 열까지 마음에 다 안 들어. 학교 질 때부터 똑같이 이상한 놈들 데리고 묵고 자면서 집단생활 했제, 무슨 날만 되면 아아들한테 곡괭이랑 삽 들려 거리 행진을 안 시키나, 글만 써 붙였다 카몬 무조건 빨간 글씨제. 그기 다 빨갱이들 하는 짓 아이가? 어데서 굴러묵다 남의 동네 들어와서 교회다 학교다 지 맘대로 짓고! 응, 내놓고 이 박사 반대편에 서서 정치활동을 안 하나, 관에서 하는 일 사사건건 트집 잡고 시비니 공무원들이 일을 제대로 할 수 있나."

읍장의 목소리가 차츰 높아졌다.

"우리 읍장이 화가 제대로 났네. 어제도 여기 와서 구호품 갖고 따졌다면서?"

위원장의 말을 들은 읍장이 얼른 마음을 가라앉혔다. 같은 편에 섰다 해도 약점이 잡혀 좋을 건 없었다.

"그 사람, 읍사무소 찾아와서 콩이니 팥이니 따진 게 어디 한 두 번입니까. 피난민 구호품이란 것도 말만 거창했지 쥐꼬리만큼 내려오는 거, 어디 갖다 붙일 게 있어야지요."

방위대장 김기환이 읍장의 뒷말을 대신했다.

"그기 다 버릇이지요. 미군정 때도 구호품 때문에 한바탕 야단을 떨었지 않습니까. 자기 교회 극빈자들이 우선이라니, 그런 억지가 어데 있어요. 이번에도 고생하는 우리 쪽 애들한테 좀 돌린 것뿐인데."

그동안 입을 닫고 있던 박대순이 나섰다.

"기왕 귀신 될 놈들이니까 하는 말인데, 귀신도 계급이 있단 말입니다. 제석(祭釋) 천존(天尊) 일월성신(日月星辰) 하는 건 천신이고, 그 다음이 뭔고 하몬 본향산신(本鄕山神)이라, 우리 같은 토박이들은 다 여기에 든단 말입니다. 그 다음이 마음에는 안 들지만 우쨌든 순서가 관우, 유비, 제갈량 하는 바다 건너온 귀신들인데 그 와, 그런 귀신들은 별도로 집 지어 가지고 따로 안 모십니까. 사실은 잡신보다도 못하고 시왕, 넋대신 하는 제일 꽁바리 저승신보다도 못한 것들이지."

"어어, 우리 부읍장 또 시작이다."

위원장이 손목 시계를 보며 박대순의 세설을 막았다. 그때 전 깃불이 나갔다.

"하나부터 단디이 해 봐요."

위원장이 어둠 속에서 내뱉었다.

"귀신 이바구 하이 이러나, 또 정전이네."

장치구가 먼저 일어나며 중얼댔다. 이주호와 김기환이 늘 갖고 다니는 손전등을 켜고, 위원장이 말했다.

"밑에 누구 하나 불러라. 난 들어간다."

읍장도 덩달아 내려가고, 호롱불을 들고 다시 올라온 장치구에게 주임이 말했다.

"지서 가서 차석한테 내 바로 집에 들어갈 끼라 전하고, 술도 좀 시키 온나."

술을 즐겨 하지 않는 주임이 술 심부름을 시키는 걸 보고는 무슨 일인가 하던 김기환이 "하기야, 오늘이 전쟁 난 지 한 달이니 술도 한잔 할 만하지." 하고 중얼거렸다.

얼마 뒤 장치구가 올라오고 뒤이어 시킨 술과 안주가 왔다.

"별일 없더나?"

"예."

"차석이 다른 말은 않고?"

"그냥 알겠다고만 하던데요."

"아따, 천하의 우리 주임도 눈치 보는 사람은 따로 있네."

박대순이 끼어들었다.

"그래도 차석인데…… 장치구 니, 그 사람한테 깍듯하게 대해라."

"잘 하고 있습니더."

장치구가 싱글거리며 대답을 하자, "하기사 용한 꿈 꿔서 로스

케들한테 안 죽고 살아온 양반이니까 겉으로라도 대접은 해 줘야지. 허허." 하고 박대순이 껄껄댔다. 술잔이 빠르게 돌면서 차석 이야기가 안주로 올랐다.

일제 말, 차석은 소련과 국경이 가까운 만주 내륙에서 경찰로 근무했다. 소련과 불가침조약이 맺어져 있기는 했지만 독일이 항복한 뒤라 조약이 언제 휴지 조각이 될지 모르는 형편이었다. 그런 불안 때문이었는지 어쨌는지 차석은 사흘 내리 고향의 노모가 아무 말 없이 눈물만 뚝뚝 흘리는 꿈을 꿨다. 다음 날에도 노모의 얼굴이 보이자 그는 무조건 하얼빈행 기차를 타 버렸다. 소련군이 선전포고를 했다는 소식을 들은 것은 길림에서였다. 껍데기뿐인 관동군이 소련군에게 밀린 속도로 본다면 그가 근무한 지역은 사흘도 못 버텼을 것이었다. 노모가 꿈으로 그를 살린 이야기는 꽤나 유명하게 읍에서 회자되고 있었다.

"아까 위원장님 말씀처럼 사람마다 운명이라는 게 있는 거지."

"그기 난세 때 여러 모습으로 얼굴을 내미는 기고."

김기환의 말을 박대순이 받았다.

"첩보대에 후생비는 전달했소?"

이주호가 박대순을 바라보며 화제를 바꾸었다.

"오고 나서 사흘 뒤에 바로 전했다 아입니까, 권 대장 모가치는 따로 봉투 맨들고. 이번엔 갑자기 하다 보니 후원회 회장, 부회장이 다 댔지만 다음번엔 다른 사람들 손을 더 빌리야지요."

박대순의 말을 듣던 이주호가 "한 번 더 주지."라고 말했다.

140

"권 대장한테는 한 달에 한 번 준다, 그런 생각 말고 주잔 말이지."

"그기 오히려 이상하게 보일 낀데?"

"여자는 안 밝히고 술하고 돈은 밝히는가베요."

장치구가 박대순의 말을 받았다. 세 사람이 장치구의 입을 바라보았다.

"춘옥이집에 자주 드나들어도 딸애들은 안 건드리는 갑데요. 옆에 자주 앉히는 미자년은 그래도 반반한 편인데."

"니가 내보다 우찌 그리 잘 아노?"

이주호가 웃지도 않고 말하자 김기환이 "남의 배꼽 밑 이야기는 안 하는 것이 좋지." 하고 한마디 거들었다.

"후생비 자주 준다고 이상하게 생각하다니, 말뜻을 못 알아듣네."

이주호는 문궁채를 풀어준 게 생각나 "하기야 그것 갖고 성이나 차겠나만은."라고 덧붙이며 일어났다. 그는 계단을 내려가 변소로 갔다.

바깥에도 바람은 없었다. 마음처럼 오줌줄이 금방 터지지도 않고, 오줌줄기도 영 시원찮았다. 마누라 안아 본 지가 몇 달이나 된 것 같았다. 그러나 이주호의 머리를 무겁게 하는 것은 한용범이었다. 그로서는 권혁이 어떡하든 첩보대에서 요절을 내든지 아니면 지서에라도 넘겨주기를 바랐다. 그런데 귀띔도 않고 풀어줘 버려 사람 입장만 곤란하게 만들어 버린 것이었다. 이주호는 모기가 앵앵거리며 달려드는 것도 잊은 채 제 물건을 쥐고 서 있었다.

어딜 다녀 봐도 행세깨나 하는 집구석들 중 한둘은 반드시 눈에 걸리기 마련이었다. 벌써 세 번째 근무 중인 대진에서는 한용범의 집구석이 그랬다.

내놓고 사회주의에 물든 자식도 없고 관공서 일에 후생비며 기부금은 넉넉하게 잘 내지만 어딘가 찜찜한 구석이 있었다. 해방되던 해 봄에 죽은 한용범의 부친만 하더라도 제 할 일만 하고는 관공서 사람들과는 일정한 거리를 두는 것처럼 처신했다. 설명절 때에는 이주호 자신에게도 따로 봉투까지 보내면서도 좀처럼 밥자리 술자리는 같이 하지 않으려고 했다. 나이 차이가 많이 나서 그렇다 치고 넘어갈 수도 있으련만 어쩐지 목에 가시처럼 걸려, 그게 조선사람 경찰을 보는 영감의 시각이라고 생각해 본 적도 있었다. 그런데 몇 번 만나 본 한용범의 형제들도 하나같이 '내 꺼 내 먹고 산다'는 식으로 뻣뻣했다. 성깔이 그리 돼먹은 건지 한말(韓末)에 자수성가한 부자 놈들의 새로운 가치관인지, 그런 쓰잘데없는 고민까지 해 본 것도 결국은 껄끄럽게 눈에 밟히는 집구석이기 때문이었다.

그렇기에 한용범이 배정식 수장사건으로 말썽을 일으켰을 때 이주호는 맨손으로 고기를 잡은 기분이었다. 거기다 일이 제대로 되려니 전쟁이 나고 해군 첩보대까지 들어와서 공들여 넘긴 것인데, 결과가 너무 뜻밖이었다. 이주호는 바지춤을 올렸다. 시원하게 비우지 못한 오줌통처럼 마음은 무거웠다. 내일 한용범을 처리할 방법도 생각해 둬야 할 것이었다.

화장실에서 나온 이주호는 흐릿한 불빛이 흐르는 사무실 이층을 쳐다보았다. 그는 회의실에 모여 앉은 세 사람을 두고 지서 순경들보다 더 무섭다는 말이 돌고 있다는 걸 알고 있었다.

이주호가 돌아왔을 때 세 사람은 긴장한 표정이었다.

"와 딱딱하게 앉아 있노, 술이나 하지."

"아까 주임이 권 대장 후생비 두고 한 말, 그 말씀이 맞는 것 같네요. 권 대장이 다른 거 신경 안 쓰게 하자 그 말씀 아닙니까."

그가 자리를 비운 사이에 의논깨나 했는지 박대순이 말했다.

"알아들었으면 됐고."

이주호는 언제 그런 데 신경 썼느냐는 듯이 이야기를 잘랐다.

"한 잔씩 드시지예."

장치구가 술병을 들어 잔을 채웠다.

"사주팔자 이야기가 자주 나왔지만, 양숙희도 참 박복하네요. 집구석이 완전 적막강산 아닙니껴."

"도경국장 전화나 오면 모를까 지금 와서 민 원장 살릴 사람이 누가 있겠노."

박대순이 혀까지 차며 거들었다.

김기환은 그냥 듣기만 했다. 양숙희를 두고는 무조건 입을 닫고 있어야 할 것 같았다. 석유 호롱불 너머로 안개 같은 흐릿함이 갑자기 눈을 가린다 싶더니 그 속에 모시적삼을 맵시 있게 입고 선 양숙희의 자태가 언뜻 보였다.

"공무 보는 사람들이 무슨 팔자 이야기고. 그라고 남의 일 신경 쓸 거 없다. 장치구, 니 요새 재미 많이 본다면서?"

이주호가 장치구를 빤히 바라보며 말했다.

"제 하는 일이야 다 심부름이고, 다 같이 살자고 하는 일인데……."

장치구가 너스레를 떨었다. 김기환은 이주호의 말투에 가시가 박힌 듯한 느낌을 받았다. 그는 박대순과 함께 용주골 이 부잣집 찾아간 걸 주임에게 알릴까 말까 궁리 중이었다. 이주호는 어쩌다 한 번씩 민원을 핑계 삼아 같이 일하는 사람들을 은근하게 다잡을 때가 있었다. 서로 조심해야 된다는 소리지만 결국은 자기보다 더 설치지 말라는 경고였다. 이주호가 한 번씩 부려 대는 그런 짜증이 김기환의 마음에 걸리는 것은 이런저런 청탁을 자주 받아 오는 형 때문이기도 했다. 국민회 회원이기도 한 그의 형은 발이 넓은 데다 무엇을 자르고 맺는 성품이 아니었다.

김기환은 이야기가 자기나 박대순에게 넘어올까 싶어, 이 친구 또 시작이네 하는 마음으로 이주호의 눈을 똑바로 째려보았다. 너는 깨끗하냐, 우리야 어차피 서로 물고 물리는 관계 아니냐. 김기환은 그런 배짱이었다. 이주호의 눈이 약간 흐리멍덩해지는 듯하더니 웃으며 말했다.

"여자 말이다, 여자!"

긴장이 한꺼번에 풀리면서 박대순과 김기환이 웃음을 터뜨렸다. ‘장치구 요놈.’ 두 사람은 며칠 전 밤길을 떠올렸다.

"재주는 곰이 넘고 재미는 누가 본다더니 내가 꼭 그 꼴 아인가 모르겠네."

이주호는 박대순과 김기환에게 눈길까지 주며 그렇게 잡도리를 하고는 술잔을 들었다.

"골치 아픈 놈 하나라도 대책이 섰으이 전쟁 발발 일 개월 기념식치고는 괜찮네. 자, 한 잔씩 하지!"

그들이 술을 마시는 동안은 물론이고, 다음 날 밤에도 전기는 들어오지 않았다. 자주 있는 정전이라 그게 대수로울 것도 없었다. 그들은 어차피 밤에 익숙한 사람들이기도 했다.

밤의 눈

한용범은 몸을 제대로 추스르지도 못한 채 다시 체포되었다. 평소 면이 있는 순경이 찾아와 권 대장이 지서에서 보자고 한다는 것이었다.

끝난 줄 알았는데 권혁이 왜 다시 부르는지, 지서에서 보자는 건 또 뭔지, 채비를 하면서도 한용범의 마음은 한없이 무거웠다. 망가진 몸을 다스리는 동안 부산으로 피할 생각을 해 보지 않은 건 아니었다. 그러나 은신하기도 어려운 데다 거처를 옮기는 게 오히려 빌미를 줄 수 있다는 생각도 해야 했다. 숨길 만한 게 있으니 피한 거라고 덮어씌운다면 일이 더 어려워질 뿐이었다. 그런데 이렇게 다시 연행되고 보니 어느 판단이 더 옳은 것이었는지 자신이 없었다.

지서에 들어섰지만 권혁은 보이지 않았다.

"점심이 늦는 모양이네요, 여기 앉아 좀 기다리소."

순경이 구석진 자리에 나무의자를 갖다 놓으며 말했다. 지서

안은 분잡스러웠다. 조사 받으러 온 사람들이 여기저기 쪼그리고 앉은 데다 의용경찰들이 수시로 들락거렸다. 유치장에 있던 사람들 몇이 어디론가 옮겨 가기도 했다.

먼저 나타난 이는 주임이었다.

"한 선생 오셨소. 권 대장은 내하고 같이 있다 첩보대로 갔는데."

"내가 그리로 갈까요?"

한용범은 인사를 겸해 자리에서 일어나며 말했다.

"그쪽 일이 끝나는 대로 이리 온다고 했소. 내 방에 앉아 기다렸으면 좋겠지만 그럴 수는 없고. 불편해도 여기서 좀 기다리소."

그러고는 남들 보는 앞에서 예우를 차릴 만큼 차렸다는 표정으로 자기 방으로 쑥 들어가 버렸다.

이주호는 의자에 앉아 갑갑한 구두를 벗어 던지고는 입을 찢어지게 벌리고 하품을 했다.

오전 일찍 그는 첩보대로 갔다.

"한용범이 말임다. 다른 첩보도 있고, 뭣보다 그 친구가 부산으로 내뺄 거라는 말이 들어왔어요. 여기서 다시 부르긴 뭐할 테니 우리 쪽에서 부르면 싶소."

권혁은 듣고만 있었다.

"권 대장이야 군인이니까 관계없겠지만 전근을 가봐야 거기가 거기인 우리 같은 사람은 내놓고 말은 못해도 뒤를 생각하지 않을 수가 없어요. 악물한다는 말 알지요? 그 친구가 그럴 놈이요.

부산으로 내빼서 여기저기 쑤셔 대면……."

그때 권혁이 "알았습니다." 하고 그의 말을 잘랐다. 이주호가 하려던 뒷말은 '권 대장까지도 골치 아파질 수 있다'는 것이었다. 권혁에게는 자존심 상할 수도 있는 말이겠지만 이주호로서는 어쨌든 밀어붙여야 했다. 그는 미리 생각해 둔 말까지 다 해 버리고서야 자리에서 일어섰다.

"오늘 밤에 일이 있다는 거 아시지요? 열서넛 될 겁니다."

한용범이 이놈, 넌 끝났어. 이주호는 양말까지 벗어던지며 의자에 몸을 묻었다. 벽에 걸린 시계가 세 시 반을 가리키고 있었다.

한용범은 드나드는 사람들과 조사를 하면서 터져 나오는 고함으로 어수선한 지서에서 그보다 더 수선스런 마음으로 앉아 기다렸다. 얼마쯤 지났을까, 주임 방에 들어갔다 나온 순경이 "여기 계속 앉았을 수도 없고 나갑시다."라고 하더니 곧 의용경찰 둘이 그의 옆에 붙어 섰다.

"지금 어디로 가는 거요?"

가는 길이 미곡창고 쪽이었다. 한용범은 당황했다.

"첩보대로 가야지요!"

그 말과 같이 목덜미에 주먹이 날아들었다.

"조용히 하소, 내가 당신 아나, 당신이 내 아나!"

숨이 막혀 캑캑거리는 그에게 의용경찰 하나가 내뱉었다. 그리고는 그의 허리를 움켜잡고 끌다시피 걸음을 빨리했다.

창고 안으로 떠밀린 한용범은 갑작스럽게 덮쳐 온 어둠과 숨이 막힐 것 같은 더위에 당황했다. 거기다 창고 안은 퀴퀴한 냄새가 진동을 하고 있었다. 이층 높이에 드문드문 달린 손바닥만 한 창과 높다란 천정에 매달린 백열등 몇 개가 바람과 빛을 보내는 전부였다. 한용범은 어둠에 눈이 익을 때까지 그대로 서 있었다. 어둑하고 무더운, 그러면서 악취까지 나는 창고 안이 그를 아주 구체적인 절망으로 빠져들게 하고 있었다. 첩보대에서 받은 신문과 고문은 그래도 상대가 있는 것이었지만 이 상황은 너무나 막연해서 오히려 더 무서웠다.

"용범이 아이가?"

누군가의 목소리에 그는 정신을 차렸다. 그제야 앉거나 누워 있는 사람들의 형체가 눈에 잡혀 왔다.

"용범이, 내 연중이다, 최연중."

한용범은 소리 나는 쪽으로 걸어갔다.

"그래, 내다. 설마 자넨가 하고 한참을 살피다가 불렀네. 내가 지금 움직일 수가 없어."

두 사람은 엉거주춤하게 손을 잡고 가마니 위에 앉았다. 신음소리를 억지로 참고 있는 최연중의 거친 숨소리가 더 크게 들려왔다.

"몸이 많이 상한 모양이네?"

"대청 애들에게 몰매를 맞았다."

"피했다면서?"

한용범은 첩보대에서 들은 이야기를 떠올렸다.

"피하기는 했지. 그렇지만 아버지를 붙들어 갔다는 소식 듣고 내가 어찌 더 숨어 있겠노. 그저께 밤늦게 집에 오자마자 그새 소식이 어떻게 들어갔는지, 지서에서 금방 달려오데."

최연중은 전쟁이 났다는 소식을 듣고 어쩐지 느낌이 좋지 않았다. 국군이 급속도로 후퇴를 하고 있다는 소문부터가 불길한데다 자신의 처지가 걱정되지 않을 수 없었다. 그는 보련 가입과 상관없이 자신이 감시대상자란 걸 잘 알고 있었다. 전쟁이 일어나기 전부터 구장은 물론 민보단으로 의심 가는 이웃이 일도 없이 한 번씩 집에 들르고 있었다. 7월 초하루, 경찰이 대청 사람들을 데리고 마을에 들어왔을 때 그는 집 뒷산으로 피했다가 밤을 타서 믿을 만한 처가 쪽 사람이 사는 마을로 숨어들었다. 그리고 나흘 뒤부터는 산으로 들어가 나환자가 살았다는 움막에서 잠을 잤다. 정해진 장소에 하루에 한차례 밥을 날라 주던 사람에게서 부친이 지서에 붙들려 갔다는 소식을 듣고는 부산으로 빠져나갈 궁리도 접고 집으로 돌아가지 않을 수 없었다.

"붙잡히면서 많이 당했다."

"가족을 볼모로……."

최연중이 맞은 것보다 잡힌 경위가 무서웠고, 들리는 소문이 친구에게 직접 일어났다는 사실은 더 무서웠다.

"어제오늘 일이 아이라. 내가 여기 들와서 보이 마산의 신종수

선생님이 계시데. 제씨 대신 잡혀온 기라."

신종수 선생은 대진에서 대구사범을 나온 몇 안 되는 수재로 고향에서도 교편을 잡은 적이 있는 국민학교 교사였다.

"우쨌든, 지금 마음은 편타. 근데 자네는 와?"

잠시 뒤 최연중이 말했다.

"첩보대에서 조사 받고 나왔는데, 오늘 지서에서 불렀어……."

그는 그간의 일을 간단히 설명했다. 최연중과 자신을 엮어 혐의를 만들려고 했다는 신문 중의 이야기는 하지 않았다. 중요한 건 어떤 이유에서든 자신도 친구처럼 미창에 갇혀버렸다는 것이었다. 검속의 폭이 넓으면서 가족을 볼모로 그 짓을 하고 있다니 상황은 밖에서 막연하게 생각하던 것보다 훨씬 급박하게 돌아가고 있었다.

"평소에 눈 밖에 난 사람들 다 고생시키는 기지."

"그런가 보네."

한용범은 어쨌든 두려움을 털고 자신을 추슬러야 했다. 우선은 아는 분들에게 문안부터 해야 할 것 같았다.

"신 선생님은 어디 계시나? 그리고 민 원장님은?"

"풀려나신 긴지 어쩐지는 모르지만 신 선생님은 어젯밤에 불려 나갔고, 원장님은 저 안쪽에 계신다."

최연중이 턱짓으로 창고 한편을 가리켰다. 한용범은 창고 안을 다시 살폈다. 깨진 유리창을 타고 들어온 햇빛에 드러난 몇 군데 흙바닥을 피해 사람들은 벽 쪽으로 한둘씩 가마니에 눕거나 앉아 있었다.

"내 원장님 뵙고 올게."

한용범은 너무 늦었다는 생각을 하면서 몸을 일으켰다. 허리가 무지근하게 당겨 오는 게 그동안 잊고 있던 통증이 되살아나고 있었다. 민 원장은 자리에 누워 있었다.

"주무시는 겁니까?"

잠이라도 깨우는 건가 싶어 한용범은 옆에 앉은 사람에게 물었다.

"아이지, 누워 계시는 기 편하니까."

"누군가?"

민 원장이 몸을 일으켰다.

"저 용범입니다."

한용범은 민 원장의 손을 잡아 일어나는 걸 도왔다. 한동안 말을 잊은 듯 민 원장은 꿇어앉은 그의 손을 꼭 붙잡았다.

"편히 앉게. 자네까지 검속을 해?"

한용범이 쥔 민 원장의 손은 앙상하고 목소리도 힘이 전혀 없었다.

"젊은 저야 무얼 못 견디겠습니까. 힘이 드시더라도 이겨 내십시오."

그리고 한용범은 큰 소용이 없다는 걸 알면서도 한마디를 더했다.

"재준이 엄마가 지서장도 만나 보았답니다."

"어미 심정이 오죽하겠나."

"여기 오신 뒤로 혹시 누가 면회 온 적이 있습니까?"

자기가 모르는 누구라도 신경을 썼으면 하는 바람에서 그는 그렇게 물어보았다.

"면회?"

민 원장이 고개를 저었다.

"그것도 면회라 해야 할지, 재준이 어미 말고는 없었어. 옷가지만 두어 번 보초 서는 사람이 넣어 줬지."

"네에……."

"그런데 자네까지 왜?"

"저도 첩보대에서 조사를 한 번 받았습니다."

그의 이야기를 듣고 난 민 원장이 "아무리 전시라도 법은 있는 건데……."라고 한마디 했다. 한용범은 민 원장의 앙상하게 마른 손을 다시 한 번 잡았다.

한용범이 들은 이야기로 민 원장의 집안은 조선 중기 이후로 명문세도가였다. 거기다 경술년 한일병탄 전후로 일정한 역할을 한 그의 부친이 중추원 참의였기에 민 원장의 집안은 세도와 부, 어느 한쪽에도 부족함이 없었다. 다만 아들 하나만이 걱정거리였다. 팔 남매의 막내로 태어난 민지태는 동경에서 중학을 다닐 때 자신의 근본에 대한 뼈아픈 말을 들었다. 진로문제를 두고 친구들과 토론이 벌어진 자리에서였다. 자기 순서가 되어 어떻게 입을 열까 망설이는데 일본 친구 하나가 "자네야 고등문관시험에 합격만 하면 되지 다른 고민이 뭐 있겠나." 하고 앞질러 버렸던 것이다.

조선인 명문가 자제들의 진로가 관료로만 뻗어 있다는 일본 친구의 지적을 듣고 민지태는 깜짝 놀랐다. 자기 자신조차 한 치 의심한 바 없었던 장래를 일본인 친구들이 비웃고 있었던 것이다. 자기도 공부해서 형들처럼 그렇게 군수나 판사가 된다, 그게 집안의 명예를 지키고 제국에 충성하는 길인가. 부러울 것 없이 자란 그도 어쩔 수 없는 식민지 백성이었다. 그날 이후 민지태는 자신의 정체성을 고민하면서 안정되고 협소한 둥지를 떠나 다른 조선인 유학생들의 세계로 눈을 돌렸다. 부친의 뜻대로 법학부에 진학을 했지만 사회주의 심퍼(동조자) 노릇을 하면서 예과시절을 보냈다. 학교를 그만둔 건 그가 든 독서회가 사상문제로 조사를 받고 멤버들이 대거 기소되면서였다. 얼마간 쉬다 그는 결국 의대엘 들어갔다. 식민지 현실이나 거기서 비롯되는 이념으로부터 가장 멀리 떨어져 있을 수 있다는 판단에서였다.

의사 자격증을 딴 뒤 그가 일본에서 어떻게 지냈는지, 그리고 조선에 들어와 왜 대진 같은 시골에 자리를 잡았는지는 본인이 입을 열지 않아 알려진 바가 없었다. 어떤 이들은 마산 요양소에 입원했다가 죽은 부인을 두고 아내의 폐병을 다스리기 위해 마산에서 가까운 대진에 왔다는 말도 했고, 어떤 이들은 부왜(附倭) 역적인 부친에 대한 속죄 때문일 거라는 짐작도 했다. 병원을 열고도 그는 바깥출입을 거의 하지 않았다. 읍에서 그런대로 친교를 맺은 이 중의 하나가 한용범의 부친이었다. 연배는 달라도 두 사람은 마음이 통했다. 거기다 두 사람은 대진을 제2의 고향으로 삼은 이들이었다. 하지만 세상 사는 방법은 판이하게 달랐다. 한쪽이 교육 사업이며 여러 활동에 적극적이라면 다른 쪽은 소극적이었다. 민 원장은 자신이 할 수 있는 영역에서만 최선을 다할 뿐이었다. 가난한 사람들을 무료로 진료하고, 부족한 의료 시설에도 불구하고 뛰어난 의술로 위급한 생명을 살리는 것으로 만족하며 조용히 지냈다.

민 원장에게도 해방은 여러 가지 변화의 가능성을 열어 주었다. 무엇보다 대진을 떠날 수 있는 기회이기도 했다. 가슴에 묻은 아들이나 자라는 손자를 보더라도 서울로 올라가야 했다. 형제들이 서울의 큰 병원에 자리를 마련해 놓았으니 올라오라고 강권했지만 그는 받아들이지 않았다. 그가 서울이 아닌 다른 큰 도시로 옮기는 일도 얼마든지 가능하던 때였다. 군정청에서는 일본인 개인병원을 불하하는 일을 한국인 의사들로 구성된 위원회에 맡겼기에 정식 의사 자격증이 있는 그로서는 마음만 먹으면 그리 어려운 일도 아니었다. 그러나 그는 대진에 남았다. 사람들은 그런 그를 두고 여러 억측들을 했지만, 한용범의 부친마저 세상을 떠났기에 그의 내심을 알 수 있는 이는 아무도 없었다.

하지만 새 나라를 세우는 일이기도 한 해방은 세상과 담을 쌓고 사는 것처럼 보였던 민 원장에게도 어쩔 수 없는 현실로 다가

왔는지 그는 경상남도 인민위원회에 이름을 올렸다. 의사 공부를 같이 하고 부산에서 개업 중이던 친구가 인민위원회에 들면서 권했다는 말도 있었지만 일부 사람들의 추측처럼 부친에 대한 부담감이 그런 결심을 하게 했는지도 몰랐다. 동기가 어쨌든, 그리고 그가 염두에 둔 국가가 어떤 모습이든 인민위원회는 미군정으로부터 부인당하고 마침내 불법화되었다. 이름만 올렸다 뿐 어떤 활동도 하지 않았지만 국민보도연맹 가입에는 그런 사정이 참조될 리 없었다.

"한 번도 편한 세월이 없군. 우리 손으로 얻지 못한 해방 후 뒤끝이 결국은 전쟁이라니……."

한동안 입을 다물고 있던 민 원장이 말했다.

"그러게 말입니다. 시간을 두고 통일방안을 서로 이야기해야 할 텐데, 이 시점에 전쟁이라니…… 참 잘못된 것 같습니다."

한용범의 가장 큰 우려는 전쟁이 민 원장과 같이 이 창고에 갇혀 있는 사람들을 잠재적인 적으로 몰아붙일 수 있는 구실을 만들었다는 것이었다. 그리고 자신도 그 속에 포함된 건 아닌지 두려웠다. 매 맞은 뒷자리가 다시 아파 오고 여기까지 끌려와 버린 자신의 처지가 다시 마음을 초조하게 만들었다. 그는 아버지 같은 민 원장 앞에서 고통스런 기색을 보일 수 없어 "너무 상심 마시고 조금만 참고 기다려 보십시오."라는 말을 하고는 최연중이 있는 쪽으로 옮겨 갔다.

눈을 떴을 때는 밤중이었다.

"정신없이 자데. 몸을 제대로 추스르지 못했구만."

"내가 오래 잤나?"

"으응, 여덟 시쯤 됐는가 몰라."

자기를 계속 지켜보았는지, 최연중이 말했다. 한용범은 손목에 차고 있는 시계를 볼 생각도 없이 고개를 끄덕이며 일어나 앉았다. 그 순간 창고 문이 열렸다. 손전등 하나가 신경질적으로 흔들리더니 "한용범!" 하고 불렀다.

"이리 나와요!"

한용범은 최연중의 손을 잠시 잡은 뒤 천천히 일어나 입구로 걸어갔다.

"권 대장이 인자 왔소."

순경이 말했다.

한용범은 시원한 바깥공기를 맡으면서 자기도 모르게 눈을 들어 하늘을 보았다. 보름을 며칠 앞둔 달이 너무나 크고 환하게 떠 있었다. 창고 앞마당의 잔돌과 풀이 구별되어 눈에 들어올 정도였다. 읍은 죽은 듯이 엎드려 있었다. 그 순간에는 개 짖는 소리도 들리지 않았다. 지서까지 얼마 안 되는 거리를 걸어가는 한용범의 머릿속에는 수백 가지 생각이 바람처럼 달려가고 있었다. 늦었지만 이제라도 권혁이 부른다니까 다시 조사를 받고 풀려날 수도 있겠지. 수많은 상념 중에서 가장 매달리고 싶은 기대였다. 지서에 들어서자 이주호와 권혁이 무슨 말을 나누고 있었다.

"한용범이 왔습니다."

그를 데려온 순경이 말했다. 주임과 권혁이 잠시 그를 쳐다보았다. 그를 바라보는 권혁의 얼굴은 꺼칠하고 눈에는 핏발이 서 있었다.

"조사할 게 남았으니 지금 진해 본부로 가야겠소."

"네?"

"가 보면 알지. 다른 사람들도 있고."

권혁이 눈으로 가리킨 한쪽 구석에 민간인 몇 사람이 웅크리고 앉아 있었다. 권혁은 그 말만 던져 놓고 먼저 밖으로 나가 버렸다. 한용범은 주임 쪽으로 눈을 돌릴 사이도 없이 젊은 순경에게 등을 떠밀리고 말았다. 뒤이어 미리 기다리고 있던 사람들도 몰아세우는 소리가 들렸다. 마당에는 어느새 꽁무니를 뒤로 뺀 트럭이 서 있었고, 차에 올랐을 때는 먼저 쭈그리고 앉아 있는 사람들이 보였다. 서로 얼굴을 헤아리기도 전에 머리 위로 가빠가 덮였다. 겁에 질려 있는 상태에서 갑작스레 당한 일이라 비명과 신음소리가 터져 나왔다.

"입 다물고 대가리 숙여!"

개머리판이 놀라서 일어서려는 사람들의 머리로 날아들었다.

"으억!"

비명도 잠시였다.

"가빠 밖으로 대가리 내미는 놈은 죽는다!"

덜컹 하고 차가 출발했다.

숨이 막힐 듯한 어둠 속에서 털털대는 엔진소리와 고통을 집어삼키는 짐승 같은 숨소리만이 차 안을 뒤덮었다. 조금 지나 트럭이 멈추었지만 엔진소리는 더욱 시끄러웠다. 다른 차들을 피해 잠시 멈춘 모양이었다.

"코쟁이들, 무진장 날라재끼는구나!"

군인인지 순경인지 누군가 투덜대는 투로 내뱉었다. 흙먼지가 가빠 안까지 날아들어 여기저기서 기침이 터져 나왔다. 이동하는 차량이 많은지 차 소리가 한참이나 들렸다. 한용범은 집에서 불려 나온 뒤부터 트럭을 타기까지 일어난 일들이 너무 갑작스럽고 느닷없어 정신이 없을 정도였다. 무엇보다 진해로 조사 받으러 간다는 권혁의 말을 믿을 수 있는 건지도 자신이 없어졌다. 차가 다시 출발했다. 얼마 뒤 방향을 트는지 차체가 한차례 크게 기울더니 아주 숨차게 속도를 늦추었다.

한동안 힘들게 달리던 차가 크게 한 번 덜컹대더니 멈추어 섰다. 적재함에 같이 타고 있던 군인과 순경들이 먼저 뛰어내리고도 한참이나 아무런 조처가 없었다.

적재함 바깥쪽에 앉은 몇 사람이 고개를 가빠 밖으로 재빨리 내밀고 밖을 살폈다. 인가는 전혀 보이지 않는 산속이었다. 달이 밝아 모든 게 제대로 눈에 들어왔지만 차를 타고 오는 동안 잃어버린 방향감각은 얼른 살아나지가 않았다. 어쩌면 엄청난 공포감이 방향감각을 완전히 잃어버리게 했는지도 몰랐다.

"송산 고갠가베?"

누군가가 웅얼대듯 한마디 했지만, 대꾸하는 이는 아무도 없었다. 사람들은 여기가 어딘지를 아는 것보다 왜 이런 산길에 차를 세웠을까가 중요하다는 걸 그제야 깨닫고 있었다. 왜 진해까지 곧장 가지 않는가. 풀숲을 헤치는 소리가 들렸다. 정체를 알 수 없는 두런거림이 그들의 신경을 곤두세웠다.

그때 갑자기 가빠가 벗겨지고, 적재함의 뒷문을 여는 쇳소리가 삐걱거리며 기분 나쁘게 울려 왔다.

트럭 밑에 서 있던 순경 둘이 한 사람씩 줄로 손목을 묶고 다시 다른 사람과 연결했다. 묶인 사람들은 트럭에서 몇 걸음 떨어진 공터에 둘씩 앉혀졌다.

"오늘은 와 이리 두서가 없노."

순경 하나가 바쁘게 손을 놀리며 중얼거렸다. 본래는 트럭에 태우기 전에 손을 묶는데 오늘은 이웃 지서에서 이송된 자들이 뒤섞이는 바람에 그랬는지, 서둘러 차가 출발했다는 소리였다.

얼마 뒤, 공터에서 몇 걸음 떨어진 바위 위에 서서 권혁이 말했다.

"차가 고장 났소. 고치려면 시간이 좀 걸릴 테니 그동안 좀 쉬도록 하지. 길가에 있을 수는 없으니 조금 위로 가지요."

그러면서 먼저 몸을 돌려 산으로 성큼성큼 올라갔다. 달이 밝아 주위가 훤했다. 군인과 순경들이 묶인 이들을 몰아세웠다. 두 사람의 걸음이 달라 헛발을 딛거나 허둥대면 사정없이 어깻죽지에 개머리판이 날아들었다. 놀란 새들이 후드득 하늘로 날았다.

이십 보나 제대로 걸었을까, 길에서 얼마 떨어지지 않은 등성이에 군인들이 서 있었다. 그곳에는 잔솔과 키 작은 풀들이 무성했다.

"이쪽으로!"

기다리고 있던 군인이 가리키는 공터 한편에 구덩이가 길게 파여 있었다. 오후 늦게 미창에서 미리 불려나온 사람들이 판 것이었는데 그들은 구덩이에서 몇 걸음 떨어진 곳에 웅크리고 앉아 있었다. 첫 처형 이후, 구덩이 파는 일은 그날 당할 사람들에게 직접 시키고 있었다. 끌려오는 사람들과 구덩이를 판 사람들의 눈이 아주 잠깐 부닥쳤다 흩어졌다. 마주치고 외면하는 눈길들은 공포로 부풀어 올라 금방이라도 터질 듯했다. 갑자기 줄지어 끌려온 사람들이 걸음을 멈추었다. 그들은 얼어붙은 듯 섰다. "죽이는 기다." 누군가가 신음같이 내뱉었다. 뒷걸음치던 한 사람이 넘어지고 덩달아 같이 묶인 사람까지 자빠지며 비명을 내질렀다.

"이 새끼들!"

개머리판이 넘어진 사람의 머리에 날았다.

"알면 됐으이 입 다물고 조용히 가자고."

신음소리가 밤공기를 잠시 흔든 뒤 줄이 다시 움직였다.

"여기서부터 앉아! 그래, 거기. 차례대로 두 줄! 야, 양복 입은 새끼!"

선걸음에 잡혀왔는지 달빛에 하얗게 빛나는 양복을 입은 사내가 허둥거리자 군인이 오금을 걷어차 주저앉혔다. 한동안 밝은 달빛 아래 그림자들이 어지럽게 흔들렸다.

권혁은 나무 밑에 서서 담배를 피우며 그런 광경을 지켜보고 있었다. 다른 사람들과 달리 남방셔츠와 양복바지 때문에 자연 눈에 들어오는 한용범을 그는 애써 외면했다. 권혁은 오전에 첩보대에 찾아온 이주호의 말을 들으면서 어쨌든 결정된 일이라는 판단을 하지 않을 수 없었다. 첩보대에서 다시 조사하겠다는 말을 하지 못하는 이상 나설 이유도 명분도 없었다. 미성옥에서 잠시 만났던 박대호라는 사람의 만주 목욕탕 이야기가 떠오르기는 했지만 거기에 연연할 필요도 없는 데다 한용범을 두고 어디서 청탁을 해 오지도 않았다. 어느 한쪽에서 기어이 죽이겠다고 덤벼든다면 그렇게 넘어가야 하는 것이었다. 권혁은 워커발로 담배를 밟아 껐다.

"거기 있는 놈들도 데려와!"

권혁이 나무 밑에서 내려오며 말했다.

마지막으로 불린 이들은 미리 와서 구덩이를 판 사람들이었다. 그들은 자신들이 했던 일이 무엇인지를 잘 알고 있는 듯 그림자같이 흐느적거리며 끌려왔다. 자기가 죽어 묻힐 땅을 제 손으로 판 사람들은 이미 몸 구석구석 파고든 공포에 질려 숨소리도 제대로 내지 못했다. 그들은 아주 조용하게 자신들이 파 놓은 구덩이 앞에 앉혀졌다. 공포는 구덩이 앞에 앉혀진 모든 사람들의 몸을 뒤덮었다. 하늘에 걸린 둥실한 달이 너무나 청명하게 내리 비쳐 숨이 다 막힐 지경이었다. 쳐다보기 겁이 날 정도로 달빛이 밝았다. 캄캄한 어둠 속에서 일어나더라도 무서울 일이 구름 한 점 없이 맑은 밤하늘 아래서 일어나고 있었다. 생사를 가르는 엄청난 일이 대낮같이 훤한 달빛 아래서 일어나고 있기 때문에 달은 공포 그 자체였다.

한용범은 두 번째 줄에 앉았다. 고개를 숙여 제 그림자를 보고 있자니 만감이 교차했다. 시절을 탓하자니 분노가 가슴을 찢고 운명이라기에는 너무나 허망했다. 차라리 눈을 감아 이 눈부신 달빛과 바람에 이파리를 털고 있는 나무들을 거부해 버리고 싶었지만 자신을 지켜볼 자는 자기뿐이었다. 그는 눈을 한결 크게 뜨고 정신을 똑바로 차려야 한다는 생각을 하며 자세를 낮추었다.

"죽이는 기다."

중얼거림이 다시 들려왔다. 경찰은 벌써부터 멀찍이 물러섰고 군인들도 묶인 사람들로부터 몇 발짝 떨어져 섰다.

"내가 당신들 안 죽이면 당신들이 언제 나를 죽일지 모르잖아."

나지막하게 가라앉은 목소리가 바람처럼 귀를 스쳤다. 그 소리는 숨 막히는 정적을 뚫고 벼락처럼 한용범의 귀를 울렸다. 죽이는 기다. 똑같은 소리가 이번에는 환청처럼 귀를 울렸다. 그와 동시에 수런거림이 일었다. 몇 사람이 소리치며 몸을 일으키고, 같이 묶인 사람들이 비명을 내지르는 순간, 땅! 하는 소리가 울렸다. 한용범은 그 순간 자신도 모르게 달을 보았다. 밤의 눈. 허벅지인지 옆구리인지가 뜨끔하다 싶더니 앞사람들이 벼 가마니 쓰러지듯 풀썩 몸을 덮었다. 그는 달이 공포가 아니라 밤의 눈으로 자기를 지켜보고 있음을 의식을 놓기 직전에야 알았다.

캄캄한 해

한밤중에 비가 내렸다. 한시명은 잠결에 무엇인가 토닥거리는 소리에 눈을 떴다. 바람에 흔들리는 대나무밭 소리인가 했는데 마른 흙내가 끼쳐오면서 물기 같은 게 느껴졌다. 빗소리였다. 한시명은 버릇처럼 남편 자리를 더듬다 일어나 앉아 발을 걷어 올리고 마당을 내다보았다. 정말 비가 오고 있었다. 소나기인지 빗방울도 제법 굵어 보였다. 반가운 마음에 시명은 잠옷을 여미고 마루로 나왔다. 비가 묻어오는 바람 속에 텁텁한 흙내가 묻어났지만 가슴이 툭 트이는 것 같았다. 보름 가까이 쪼아 붙이던 불볕더위에 하늘도 견디기 힘들었을까. 들도 타고 생물도 타고 사람들 마음도 타들어 가는 요즘이었다. 군에 간 남편도 걱정이지만 당장은 친정집이 문제였다. 피난 내려오지 못한 서울의 작은오빠네는 그렇다 치더라도 막내오빠가 두 번씩이나 구금을 당하고 있었다.

지서에서 오빠를 붙들어 간 것이, 몸은 상했지만 그래도 군 수사대에서 풀려나 안도하고 있을 때였기에 가족들 모두 정신이 없었다. 진해 통제부로 조사 받으러 갔다는 말을 들은 큰오빠가 며칠째 진해에서 살다시피 하고 있지만 막내오빠의 소식을 확실하게 전해 줄 사람을 만나지 못하고 있었다.

한시명은 마음을 가라앉히고 어둠을 적시는 비를 바라보았다. 그래도 오랜만에 내리는 단비에 기분이 풀어지고 어떤 기대까지 가슴에 이는 것은 역시 자연의 힘이었다. 마당에 떨어지는 빗소리와 뒤뜰 감나무 잎에 떨어지는 빗소리를 구별하면서 앉아 있을 수 있다는, 아주 하찮은 일이 이렇게 기쁜 마음을 주다니. 한 사흘 내리 비가 내려 준다면 모든 일이, 전쟁조차도 제자리로 돌아갈 것 같은 기분이었다.

그런데 살랑대던 바람이 멈췄다 싶어 방으로 들어가 머리맡의 부채를 찾아 나온 사이에 비는 그쳐 있었다. 참으로 눈 깜박할 새였다. 그 사이를 참지 못하고 부채를 찾아 방으로 들어간 자신의 행동이 경망스러워 시명은 어둠 속에서 얼굴을 붉혔다. 너무나 황당하고 실망스러워 시명은 자신도 모르게 한숨을 크게 내쉬며 부채를 내던졌다.

"아가, 지나가는 작달비다."

안채에서 시어머니의 목소리가 들려왔다. 시명은 자신의 마음을 내보인 것 같은 데다 갑작스레 그친 비가 너무나 서운해서 얼빠진 듯 하늘과 마당을 내다보다 한참 뒤에야 "네, 어머님." 하고 겨우 답했다.

다음 날 아침, 조금 무거운 머리로 잠을 깬 시명은 마당으로 나왔다. 마당에도 뜰에도 비 온 흔적은 없었다. 짧은 시간이나마 제법 소리까지 내며 내렸는데도 물기 하나 보이지 않다니, 시명은 간밤의 서운한 마음이 되살아났다. 비의 흔적은 우물가 백일홍에만 남아 있었다. 이제 막 발그레하게 꽃을 피우기 시작한 갓난아기의 손톱만 한 꽃잎들이 우물가에 흩어져 있었다. 그녀는 머리를 감은 뒤 몸을 단장하고 부엌으로 들어갔다. 집안일을 돕는 아주머니가 벌써 밥도 짓고 찬도 손보아 놓았지만 시부모의 상은 언제나 시명이 직접 차렸다.

오늘은 학교 소집일이었다. 시간은 일렀지만 무거운 마음을 털고 싶어 그녀는 서둘렀다.

"한 선생님, 일찍 나오시네예."

교문 앞의 길을 쓸고 있던 소사가 한시명을 보자 먼저 인사를 했다.

"수고하시네요. 밤에 비가 왔죠?"

"비라고 할 수나 있습니꺼. 하늘 보이 오늘도 쪼아 붙이겠십니더."

비질을 멈추고 안개가 드리운 하늘을 쳐다보며 그가 말했다. 한시명은 지난밤에 내린 비를 두고 혼자 마음을 쓰는 것 같아 무안했다.

교무실에는 교감선생이 먼저 나와 있었다. 뜻밖에도 그는 식사 중이었다. 대나무 찬합이 책상 위에 놓여 있고 김치 냄새가 빈 실내를 감돌았다.

"교감선생님, 학교에서 주무셨군요?"

"허허, 그래요. 주임선생 둘이 숙직을 연달아 한 데다 여기저기서 학교 비우지 말라는 소리를 하루에도 몇 번이나 해 대이, 짜른 밤에 새벽같이 일찍 나올 바에야 이게 낫다 싶어서."

읍내에서 조금 떨어진 동리에 사는 그는 자전거 통근을 하고 있었다.

"그래도 집보다는 불편하실 텐데. 도시락을 누구, 판호가 가져 왔나요?"

교감선생의 아들인 판호는 3학년에 재학 중이었다.

"그렇지요. 이 녀석 어디 갔노, 밥을 다 묵었는데."

교감선생은 도시락을 챙기고는 아들을 찾는지 양치질을 하려는지 교무실을 나갔다.

한시명은 가방을 책상 위에 올려놓고는 열린 창 쪽으로 몸을 돌렸다. 학교가 산자락에 자리해서 운동장 너머로 읍내가 한눈에 들어왔다. 국도와 철길을 따라 읍 중심가가 펼쳐져 있고 그 너머로 들이 보였다. 엷은 안개띠를 머금은 채 끝없이 펼쳐진 푸른 들과 햇빛 속에 빛나는 수로를 보면서도 한시명의 마음은 무겁기만 했다. 어디선가 매미가 울어 대고 더운 바람이 한차례 불어 왔다. 전쟁만 아니라면 찬란한 성하(盛夏)였다. 한시명은 오직 자기만 알고 있는 몸의 변화를 생각했다. 뜨거운 볕과 바람으로 무성하게 자랄 여름 나무 한 그루가 자기 몸속에 들어와 있었다.

쿵쿵거리는 발걸음 소리가 들리면서 교무실로 교감선생이 들어왔다. 그 뒤를 따라 아이 둘이 뛰듯이 들어섰다. 판호와, 같은 마을에 사는 영찬이었다.

"선생님. 안녕하세요!"

아이들은 어디서 놀다 왔는지 아침부터 얼굴에 땀이 나고 있었다.

"그래, 둘이서 교감선생님 아침 챙겨 왔구나. 공부도 하면서 방학 잘 보내고 있지?"

"네!"

"요놈들, 대답하는 데 힘 안 든다고 입에서 나오는 대로 그냥 해 대네. 공부하는 걸 통 못 보는데."

보자기에 싼 도시락을 아들에게 건네며 교감이 말했다.

"마산이나 부산에 있는 고등학교 가고 싶거든 읍내서 놀지 말고 바로바로 집에 가거라."

"네!"

두 아이는 여전히 큰 소리로 씩씩하게 대답하고는 고개를 꾸벅 숙였다. 그리고 돌아서서는 무엇이 재미나는지 서로의 어깨를 밀쳐 대며 웃음을 터뜨렸다.

아이들이 가고 난 뒤 얼마쯤 있다 선생들이 하나둘씩 모여들기 시작했다. 그래 봤자 모인 사람은 일곱이었다. 교감은 먼저 교장선생이 못 나오셨다는 말 뒤에 곧장 "남자선생님들이 다 학교를 비울 것 같습니다."라고 목소리를 조금 높였다.

"임 선생 부친 위독한 건 다 아실 끼고…… 오 선생하고 정 선생은 하루 사이 두고 군에 들어갔습니다. 에 또, 노철한 선생은 고향서 부모님 모시겠다고 사표 이야길 했습니다. 인자 숙직은 내하고 주임선생 둘하고 이렇게 셋이서 말뚝으로 서야겠습니다."

그러나 교사들 변동사항 때문에 급하게 임시교무회의를 소집한 건 아닐 터였다. 한시명은 얇은 입술을 안으로 끌어당겨 꽉 다무는 버릇이 있는 교감의 입을 바라보았다.

"다음에는 당부 말씀인데, 어디 읍을 벗어나 타지에 가실 때에는 학교에 꼭 신고를 해 달라는 겁니다. 방학인데 뭘 하시겠지만…… 전시니까, 어제 오후에 지서에서 전화공문이 왔습니다. 그라고, 다음 주에는 우리 학교에도 군부대가 주둔할 거랍니다."

한시명은 맞은편에 앉은 이순주의 시선이 다가오는 느낌을 받았다. 이 선생은 좌익 단체에 몸담았다가 종적을 감춘 동생 때문에 몇 차례 지서를 드나드는 고생을 한 데다 부친이 지금도 지서에 붙들려 있었다.

소집은 싱겁게 끝나고, 교사들은 전쟁에 관한 소식들을 주고받거나 읍내에서 일어나는 일들에 대해서 살짝살짝 귓속말을 나누었다. 하지만 자기나 이순주에게 다가와 말을 건네는 사람은 없었다. 모두들 몸조심, 입조심들을 하고 있었다. 이순주 선생은 책상에 앉아 무언가를 쓰고 있었지만 집중하고 있는 것처럼 보이지는 않았다.

한시명은 가방에서 두터운 소설책을 꺼냈다. 평소 섬세하면서
도 투명한 정지용류의 시 읽기를 좋아하는 그녀였지만 요즘 들
어서는 도대체 시가 눈에 들어오지 않았다. 낱말이 주는 여러 가
지 연상이 자꾸만 엉뚱한 데로 가다 곧 멍해지고 마는 것이었다.
그래서 붙잡은 게 톨스토이의 『전쟁과 평화』였다. 예전에 읽다
만 일본어판이라 아이들에게 국어를 가르치는 입장에서 미안하
기는 했지만, 그녀에게는 당장 빠져들 수 있는 책읽기가 필요했
다. 수백 명의 인물 사이를 정신없이 오가는 동안 이 끔찍한 현실
의 전쟁이 끝나기라도 했으면. 책장을 서너 장 넘긴 것 같았지만
선명한 것은 남편과 막내오빠의 모습뿐이었다. 부상당한 로스
토프에게 가족들이 편지를 보내는 장면에서 그녀는 결국 책장을
덮고 말았다. 차라리 친정에라도 가서 올케언니와 오빠 걱정이나
하자. 그녀는 가방을 챙겼다.

"들어가시게?"

서류를 읽고 있던 교감선생이 안경을 벗으며 말했다.

"네, 다른 일이 없으면 집에 가 보겠습니다."

한시명은 교감선생의 가느다란 입꼬리가 다 닫히지 않은 것
같다는 느낌을 받으며 교무실을 나섰다. 전쟁이 일어난 뒤, 아주
친한 사이가 아니라면 '나쁜 일'에 대해서는 입을 굳게 닫고들 있
었다. 한시명은 평소 교분으로 보아 반드시 막내오빠의 소식을
걱정해야 할 처지임에도 배짱이 없어 그러지 못하는 교감선생의

미안한 마음이 입꼬리에 남았을 거라는 생각을 하면서 현관 앞에 섰다. 교장선생은 정년을 앞두고 있는 데다 와병 중이라 대부분의 학교 일은 교감선생이 처리하고 있었다. 성격이 소심한 편인 그는 일제 때부터 몸에 익은 대로 지시 공문 한 장에도 벌벌 떠는 사람이었다.

"선생님, 같이 가요!"

운동장 쪽을 바라보며 생각에 잠긴 채 걷던 한시명을 이순주가 불렀다.

"선생님은 양장이 참 잘 어울려요."

한복을 자주 입는 편인 한시명은 오늘따라 흰 블라우스에 검정 스커트를 입었다. 기다렸던 비에 대한 서운한 마음을 지워 보려고 양장을 찾았다는 생각이 그제야 떠올랐다.

"오라버님 소식을 아직 모르시죠? 걱정되시겠어요."

이 선생도 한시명의 친정집 형편을 알고 있었다.

"요즘 같은 때 걱정 없는 집이 어디 있겠어요. 이 선생도 마찬가지인데……. 전쟁 때는 군이 최고일 텐데 거기서 풀려난 사람을 왜 경찰에서 불러 진해로 갔는지 그게 영 마음에 걸려요. 군수사대에서 풀려났을 때 다 끝난 줄 알았는데……."

한시명은 마음에만 담아 두었던 말을 꺼냈다.

"조사만 제대로 받는다면 밖에서 들어온 군이 차라리 공정할지 모르죠……."

이순주가 주위를 살펴가며 나직하게 말했다. 하지만 그녀는 뒷말을 다 하지는 않았다. 자기를 믿지 못해서가 아니라는 걸 한시명은 잘 알고 있었다. 누구나 말조심을 해야 했다. 한시명은 그냥 머리만 보일 듯 말 듯 조금 끄덕였다. 전쟁이 군대 간의 전투만이 아니라는 것, 민간인들도 어느 쪽 군대나 경찰에게, 그리고 이웃에게까지 다치고 고통받아야 하는 게 전쟁임을 한시명은 알아 가고 있었다.

"읍으로 피난 오는 사람들 있잖아요. 고향을 떠나면 불편하고 고생이겠지만, 전쟁이 아니라면 살던 땅을 한 번 떠나 보는 것도 재미날 듯싶기는 하네요."

이순주는 자기가 한 말이지만 허탈했는지 빈 웃음을 터뜨렸다. 몇천 명이 산다 해도 알고 보면 너무도 빤한 바닥, 특히나 세상바람에 휘둘리기 마련인 지식층이라면 남들이 전혀 주목하지 않는 딴 세상에 살고 싶은 바람도 가질 만하리라. 한시명은 이순주 선생의 심정을 충분히 이해할 수 있었다.

교문이 가까울수록 매미소리가 높아 갔다. 한바탕 비라도 쏟아진 뒤 청명한 잎사귀를 흔들 듯 울어 대는 매미소리라면 시원하겠지만, 이제 막 끓어오르는 불볕더위 속의 매미소리는 어딘가 날카롭고 또 무거웠다. 한시명은 예사로운 매미 울음을 두고 마음 쓰는 자신이 안쓰러웠다. '여름날 매미는 울기 위해 존재한다!' 그녀는 그런 글귀를 만들어 가면서라도 마음을 가볍게 하고 싶었다.

"어쨌거나 선생님, 저도 그렇지만 몸 조심하세요."

"이 선생님도."

정문 앞에서 이 선생과 막 헤어지려고 할 때 잡화도 팔고 문구류도 취급하는 가게 처마 밑에서 땀을 식히던 의용경찰 하나가 불쑥 그들 앞에 나섰다. 두 사람은 제각기 가슴이 철렁했다.

"한 선생님, 지서서 오라는데요."

젊은 나이의 의용경찰이 한시명의 이름을 불렀다.

"나를?"

한시명은 자기도 모르게 터져 나온 말을 내뱉고는 곧 이 선생에게 미안함을 느꼈다. 그렇지만 두 사람 중 자신을 지목한 데 대해서만큼은 다소 놀라지 않을 수 없었다.

"그래요."

그리고 젊은이는 한시명이 앞장서기를 은연중 강요하고 있었다.

"내가 왜? 누가……."

그렇지만 의용경찰은 땅바닥만 내려다볼 뿐 아무 대꾸도 하지 않았다. 한시명은 잠깐 생각에 잠겼다가 이 선생을 바라보았다.

"그럼. 이 선생님, 다음에 봐요."

한시명은 머뭇거리고 선 이순주를 향해 인사했다. 이순주는 잠시 복잡한 표정을 짓더니 곧 한시명에게 편안한 웃음을 보내왔다.

"뭘 물으려고 선생님을 부를까? 그나저나 날도 더운데 찬샘으로 둘러 갈까."

이 선생의 마지막 말은 한시명의 행방을 시집에 알리겠다는 뜻이었다. 학교로 되돌아 가 교감선생에게 먼저 전할지도 몰랐다.

한시명은 의용경찰과 적당한 사이를 두고 큰길가로 내려갔다. 젊은 의용경찰은 계속해서 한시명과 옆으로 몇 걸음 떨어져 걸었다. 올봄에 결혼한 그녀는 읍에서 알아주는 집안의 딸인 데다 소문난 미인이었다. 주민들의 시선이 그녀에게만 쏠리는 게 아니었기 때문에 젊은 의용경찰로서는 불편했다. 그러나 몇몇 노인네들이나 한시명을 향해 아는 얼굴을 할 뿐 대부분의 사람들은 애써 무심한 표정을 짓고 있었다. 변하지 않는다면 인심이랄 수 없을지도 몰랐다.

한시명은 태연하고도 예사롭게 걸었다. 삼거리에서 그녀는 잠시 오른편으로 눈길을 두었다. 그 길로 곧장 가면 들이 나왔고 강이 있었다. 그녀의 부친이 일제 때 세운 농장도 거기에 있었다. 차부가 있고 가게들이 늘어선 읍의 중심지에 들어선 그녀는 우체국 앞에서 잠시 걸음을 늦췄다. 사흘 전에야 남편이 새 부임지에서 보낸 편지가 도착했다. 그녀는 당장 미리 써 둔 편지를 두 통이나 보냈다. 보고 싶은 마음과 몸조심하라는 걱정, 거기다 무성하게 자라날 어린 나무에 대한 떨리는 예감까지 담다 보니 그렇게 된 것이었다. 건물 앞에 놓여 있는 빨간 우체통을 보며 그녀는 여보, 라고 입술로 말했다.

우체국 맞은편에서 몇 걸음 떨어진 곳에 자혜의원이 있었다.

한시명은 얼마 전에 오빠 때문에 만났던 양숙희를 생각했다. 양숙희를 생각할 때마다 한시명은 그녀의 남다른 형편에 가슴이 저려 오곤 했다. 언니동생 하며 가까이 지내 왔지만 양숙희는 참으로 불우한 시간의 급류만 타는 듯했다. 그리고 이제는 유일한 기둥인 시아버지, 민 원장님까지 잡혀갔다. 다정다감하고 눈물이 많은 숙희 언니를 떠올리면, 그녀에게 닥친 시련이 너무 혹독한 것 같아 한시명은 마음이 무거웠다.

"들어가야지요!"

의용경찰의 말을 듣고서야 그녀는 어느새 자신이 지서 문 앞에서 걸음을 멈추었다는 걸 알았다.

갑자기 심장이 조이듯 아파 왔다. 그녀는 앞으로 뻗은 거리, 부산으로 가는 국도변을 바라보며 남편을 잠시 떠올렸다. 도로에는 수시로 지나다니는 군용트럭도 보이지 않고 행인들도 없었다. 가로수들만 뜨거운 햇볕에 맨몸을 내놓고 있었다. 시간까지 멈춘 듯한 갑작스런 적막감에 그녀는 자신도 모르게 몸을 떨었다.

"들어가자니까요!"

의용경찰이 다시 재촉했다. 그녀는 걸음을 떼놓기 전에 하늘을, 해를 똑바로 쳐다보았다. 너무나 밝고 강렬해서 까맣게 보이는 햇빛이 그녀의 눈을 멀게 하고 몸을 태워 버리는 듯했다.

지서에는 차석 한 사람뿐이었다.

"오셨소. 조금 기다려야겠네요."

차석은 긴 나무의자를 눈으로 가리키고는 서류 뒤적이는 일을 계속했다. 한시명이 복잡한 마음으로 앉아 있는 동안 전화가 몇 번이나 울리고 차석은 긴장된 표정을 바꾸지 않은 채 신경질적으로 전화를 받았다. 그런 모습을 지켜보는 한시명의 마음은 점점 초조하고 불안해져 갔다. 학교를 떠날 때 보이던 교감선생의 다 닫히지 않은 입꼬리가 떠올랐다. 교감은 아침 일찍 오늘 교사 소집을 확인하는 지서의 전화를 받지 않았을까. 왜 별것도 아닌 일로 선생님들을 소집했을까. 한시명은 마음이 바빠졌다.

점심시간이 다 되어서야 드나드는 사람들이 많아지고 지서 주임이 들어왔다. 그녀를 본 주임은 잠시 무엇을 생각하는 표정을 짓더니, "아, 오셨소. 내 방에 잠시 갑시다."라고 말하고는 앞장을 섰다. 다른 경찰들도 그랬지만 그도 얼굴이 땀에 젖어 있었다. 방 문을 닫은 주임은 옷걸이에서 수건을 걸어 얼굴과 목을 닦으며 의자를 가리켰다.

"몇 가지 물어볼 게 있어서 불렀소. 부산 사는 친정 오빠가 진해에 자주 가지요? 무슨 이야기를 합디까?"

이 사람들이 어떻게 그런 것까지 알까, 한시명은 뜨끔했다.

"막내오빠가 어떻게 되었는지 알아보고 있다는 말씀만 하셨어요. 그런데."

한시명은 지금 이 자리가 아니면 막내오빠에 대해 물어볼 기회가 없다는 생각에 얼른 입을 열었다.

"오빠가 진해로 조사 받으러 간 건 확실한가요? 지금 진해 부대에 계시나요?"

그때 방문이 열리고 차석이 선 채로 말했다.

"가 볼 데가 또 있는데요."

"그래요?"

주임 이주호가 자리에서 일어서며 한시명을 쏘아보았다.

"한 선생 오빠가 진해에 있는지 어데 있는지, 우리도 지금 그걸 알아보고 있소!"

주임의 말투가 갑자기 거칠어지고 날이 섰다. 그는 모자를 챙겨 쓰고 나가며 차석에게 말했다.

"뒤채로 보내요."

한시명은 갑작스레 돌변한 사태에 정신을 차릴 사이도 없이 뒷마당의 작은 창고 같은 데에 갇혔다. 밖에서 쇠고리 문을 잠그는 소리를 듣고서야 그녀는 자신이 구금되었다는 사실을 확연히 깨달았다.

한시명이 지서 주임 이주호의 문초를 받기 시작한 건 한밤중이 다 되어서였다. 한시명의 손부터 묶어 의자에 앉히고 자신도 나무의자를 끌어당겨 앉은 이주호는 그녀의 턱을 쥐고 가볍게 흔들었다. 그의 입에서는 술내가 났다.

"이런 날이 올 줄 알기는 했나? 응, 니년 밑에는 금테가 둘렸는지 그게 늘 궁금했다고."

느닷없는 이주호의 말에 깜짝 놀란 한시명은 고개를 세차게 흔들며 항의했다.

"무슨 말을, 어떻게 그런 모욕적인 말을 함부로 하는 거예요!"

"모욕? 그 말이 모욕이라면 지금부터는 모욕 아닌 말만 하지. 하나 물어보자. 아주 간단한 거다, 니년이 여기서 바로 나갈 수 있는 그런 질문이다. 괴뢰군이 어디까지 왔다는 말을 들었어? 어디서 전투가 벌어지고 있다는 소리를 들었냐 말다?"

한시명은 이주호가 무슨 의도로 이런 질문을 하는지 겁부터 났다.

"몰라요, 내가 어떻게 그걸 알 수가 있나요."

"몰라?"

그 말과 같이 이주호의 손이 한시명의 두 뺨을 사정없이 내갈겼다. 한시명은 몸을 일으키며 고함을 질렀다.

"앉아!"

이주호가 그녀의 어깻죽지를 누르자 한시명은 힘없이 주저앉고 말았다.

"소리쳐도 소용없다. 오늘 밤에는 아무 놈도 여기 안 온다. 근데 어째 모를 수가 있어? 피난민도 들어오고, 어른 아이 할 것 없이 요즘 하는 이야기가 모두 전쟁 이야긴데? 그런데도 들은 적이 없다고?"

"그건, 그 사람들이 아니더라도 읍내 사람들 말도, 매일같이 다르니까……."

"매일같이 다르다는 게 무슨 뜻이야? 위로 올라간다는 거야,

읍으로 내려온다는 거야?"

"……내려온다고…….

"그래? 내려와? 그럼, 그 말 들었을 때 기분이 어땠어?"

이주호가 다시 한시명의 턱을 움켜쥐고 가까이 끌어당겼다.

"더 내려왔으면, 괴뢰군이, 아니 너희 집구석 사람들에게는 인민군이란 말이 더 낫겠다. 그래 인민군이 얼른 이 읍까지 밀고 왔으면 하는 그런 마음이 들었나, 안 들었나?"

한시명은 자기도 모르게 급히 고개를 흔들었다.

"아니요, 아니!"

"그래? 그건 본심이 아닐 낀데. 한용범이가, 니 오빠놈이 스스로 빨갱이라고 자백을 했는데 니는 아니라고?"

이건 함정이다! 한시명은 정신이 번쩍 들었다.

"인민군이 하루라도 빨리 내려와야 니 오빠가 살 거 아니가? 지금도 안 늦다. 고개만 바로 흔들든지, 네, 라고 한마디만 하몬 된다. 하나면 되지 한 집구석에 둘까지 잡아 둘 거야 있나. 특히 대한민국 국군장교 부인을 잡아 두지는 않지. 고개만 바로 흔들면 여기서 내보내 줄께, 당장 보내 준다니까!"

한시명은 다시 세차게 고개를 가로 흔들어 댔다.

"살려주겠다는데도 이년이 계속 옆으로만 고개를 흔들어!"

이주호가 한시명의 뺨을 또 한차례 올려붙였다.

"도대체 왜 이러는 거예요. 오빠 때문에 절 불렀으면 지서에서, 사람들 있는 사무실에서 물어보면 되잖아요! 사람을 왜 이런 데

가둬 놓고 함부로 대해요?"

"뭐, 함부로 대해? 오빠 문제만 물어보라고? 그래, 니 오래비, 한용범이가 도망갔어!"

이주호의 뒷말은 신음소리에 가까웠다.

송산고개에서 사체를 보았다는 신고가 들어온 것은 어제 아침이었다.

고개를 넘어오던 주민 하나가 총에 맞은 사람이 쓰러져 있다며 지서로 뛰어온 것이었다. 사택에서 아침밥을 먹다 숟가락을 팽개치고 지서로 뛰어간 이주호는 권혁과 함께 군인과 순경들을 차에 태우고 현장으로 달려갔다. 사체는 피와 흙에 뒤범벅이 된 흰 양복을 입고 있었다. 어젯밤 총을 맞고 처형 현장에서 내려오다 고개 부근에서 죽었다는 소리였다.

"이 사람, 금야 지서에서 넘어왔습니다."

인수를 받았던 경찰이 말했다. 중요한 건 그게 아니었다.

"14명이었지?"

이주호가 어제 처형 현장에 왔던 다른 부하에게 확인했다.

"네."

트럭에서 내린 사람들의 손을 묶으면서 오늘은 왜 이리 두서가 없냐고 투덜댔던 순경이 답했다.

차석이 의용경찰 둘을 데리고 사체를 묻기 위해 남았다. 현장으로 올라가면서 이주호의 머릿속에는 오직 한용범의 사체가 그 자리에 있어야 한다는 생각뿐이었다. 그는 앞서가는 장치구의 허리를 잡아챘다.

"그놈 확인해. 무슨 말인지 알지?"

현장에는 파리가 뒤끓고 있었다. 이주호와 권혁은 누가 먼저랄 것도 없이 걸음을 멈추었다. 삽을 든 부하들이 코를 싸잡고 대충 흙이 덮인 구덩이로 다가가는 걸 보고 있던 두 사람은 아무 말도 주고받지 않았다. 잠시 뒤 군인 하나와 장치구가 두 사람 쪽으로 뛰어왔다.

"열둘입니다!"

"없는 것 같습니다."

군인과 장치구가 각각 말했다. 구토를 참느라 장치구의 얼굴은 일그러져 있었다.

"같다니? 있으면 있고, 없으면 없는 거지, 무슨 소리야?"

이주호가 고함을 질렀다.

"없습니다!"

장치구가 고쳐 말했다. 그리고는 더듬대며 덧붙였다.

"그기, 부어오르고 색깔도……."

"니 말을 믿으라 말이가, 믿지 마라 말이가?"

권혁은 두 사람이 주고받는 말의 대상이 한용범이라는 걸 잘 알고 있었다. 잠시 뒤 이주호의 신경질을 지켜보던 권혁이 고함을 질렀다.

"흙 더 붓고 다지고 내려와!"

경찰이 현장 부근의 산골짜기를 뒤지고 군은 트럭을 이동해 가며 고개 부근을 수색했지만 사라진 둘을 찾지 못했다. 결국 군 병력이 먼저 철수하고 경찰은 인근 마을을 뒤졌다. 지서로 먼저 돌아온 이주호는 당장 한용범의 집과 한시명의 시집에 감시부터 붙였다. 밤에 잠깐 만난 권혁은 어느 골짜기에 처박혀 죽었을 거라고 태연했지만 이주호로서는 똥줄이 타지 않을 수 없었다.

그에게는 살림이나 사는 데다 해산 끝인 한용범의 처보다는 출입을 하는 한시명이 훨씬 가치 있는 조사 대상자였다. 오전에 그는 일단 한시명을 불러들인 뒤 조사만 하고 내보낼 생각이었지만 마을과 산을 몇 군데 뒤지다 허탕을 치고 보니 끓어오르는 분노를 자제할 수가 없었다. 늦은 저녁을 하면서 마신 술도 마음의 평정을 잃게 했다. 물론 한용범이 살아 숨어 있다면 여동생을 붙잡고 있다는 소리가 들어가 제 발로 기어 나올 수 있다는 계산도 있었다. 지금까지도 피붙이를 대신 붙잡아, 도망친 놈들이 제 발로 걸어오게 하지 않았던가.

"똑똑히 들었나? 니 오래비가 도망쳤단 말이다!"

"네?"

오빠가 도망을 갔다니. 조금 전에는 빨갱이라고 자백을 했다더니. 한시명은 도대체 이주호가 하는 말의 앞뒤를 헤아릴 수가 없었다.

"지금 무슨 소릴 하는 거예요. 지서에서 불러가 놓고 도망을

쳤다니? 그럼 진해로 갔다는 말은 뭐예요?”

“그놈이 도망친 기 우리 잘못이란 말이가? 그럼 우리가 누구에게 알아볼까?”

이주호가 한시명의 머리채를 휘어잡았다.

“왜 이래요! 모르는 일이에요, 정말 몰라요! 오빠 소식을 듣는 건 지금이 처음이란 말이에요. 그리고 난 참고인이지 죄인이 아니에요. 이게 무슨 짓이에요, 이게!”

“참고인? 하하!”

이주호는 발작을 일으키듯 웃음을 터뜨렸다.

“내가 할 말을 니가 하네.”

며칠 전 비대위가 열렸던 밤이 생각났다. 어딘가 찜찜하면서 못마땅한 집구석. 거기다 한용범이 살아 있을지도 모른다는 불길함까지 더해 그의 감정은 폭발했다.

“넌 지금부터 참고인이 아니라 빨갱이를 숨겨 둔 빨갱이 동조자년이야! 전쟁 중에는 두 가지 말밖에 없다. 빨갱이와 빨갱이 때려잡는 사람!”

“나는 빨갱이가 아니에요! 작은오빠가 군정청에도 근무했다는 걸 알잖아요! 남편은 국군에 입대했어요!”

“군정청? 근데 왜 한재범이가 피난 안 내려왔어? 왜 안 내려와? 잘난 아버지 덕에 메이지 다니고 군정청 근무한 기 유세냐? 한재범이가 미군 장군을 데리고 이 읍에 들어선다 해도, 들어서기만 하면 내가 미창에 당장 처넣는다! 니 남편 손태영이? 혹시

184

전쟁에서 살아온다 해도 빨갱이 집구석에 장가간 놈에 지나지 않아!"

이주호가 하는 말을 들으며 한시명은 절망스러워져 갔다. 그가 함부로 말을 내뱉으면 뱉을수록 자신이 쉽게 이곳을 벗어날 수 없으리라는 생각이 들었기 때문이다.

"나는 참고인이에요! 참고인일 뿐이에요!"

그러나 한시명의 항의는 계속되지 못했다. 이주호가 벽에 세워진 싸리나무 회초리를 들고 와서는 사정없이 한시명의 등짝을 내리쳤기 때문이다.

"그러니까 니 오래비 숨은 곳을 대!"

살이 찢어지고 갈라지는 고통에 한시명은 비명을 내질렀다. 그러나 이주호는 비명소리를 재우기라도 하듯 사정없이 또 한차례 회초리를 휘둘렀다. 부드럽고 연약한 살갗은 금방 핏빛으로 물들고 한시명은 곧 정신을 잃고 말았다.

벌레 같은 것이 온몸을 기어다니는 듯한 느낌에 눈을 뜬 한시명은 자신이 손이 풀린 채 담요가 깔린 듯한 바닥에 누워 있다는 사실을 알아차렸다.

"정신 차려야지. 정신 차리고 지금부터 니한테 일어나는 일들을 똑바로 기억해 둬야지!"

그녀의 몸은 이미 맨몸뚱이가 다 되어 가고 있었다. 징그러운 벌레가 가슴을 타고 배를 쓰다듬어 내려갔다. 이주호의 더럽고 축축하게 젖은 손이 자신의 배에 와 닿자 한시명은 까무룩한 의식 속에서도 중얼거렸다.

"아기, 내 아기……."

"아이? 표도 하나 안 나는데? 그러고 보니 잘난 년들은 배도 안 부르고 임신을 하는구나. 이런 마누라 남겨 두고 어찌 군델 가노."

이주호가 손을 다시 그녀의 아랫배로 가져가며 말했다. 그리고는 위태롭게 걸쳐 있던 속곳을 벗겨 내리고 손을 그리로 가져갔다. 거의 의식을 잃은 상태에서도 한시명은 본능적으로 있는 힘을 다해 몸을 비틀고 다리를 비틀었지만 그럴수록 축축한 손길은 그녀의 몸을 파고들 뿐이었다. 매 맞은 고통과 그보다 몇백 배 더 뼈저린 수치심으로 한시명은 다시 정신을 잃었다.

완전히 탈진한 그녀는 다음 날 밤 다른 창고로 옮겨진 뒤에도 이내 잠이 들고 말았다. 빗소리가 들려오면서 한시명의 흐릿한 동공 속으로 사람 모습이 들어왔다.

"이제 정신이 드는가베."

두 여자가 그녀에게로 다가왔다. 한 여자는 삼베 저고리가 반쯤 뜯겨 나가고 다른 한 명은 다리를 제대로 쓰지 못했다.

한시명은 신음소리를 삼키다 자신도 모르게 다시 눈을 감고 말았다. 잠에서 깨어나자 잊었던 상처의 고통과 그보다 더한 수치심이 한꺼번에 와락 달려들었던 것이다. 그리고 잠시 뒤 심한 갈증에 다시 눈을 떴다.

"물, 물."

한시명은 건네주는 물바가지를 잡으려고 손을 뻗었지만 등짝과 어깨가 떨어져 나가는 듯한 고통에 그만 자지러지고 말았다.

"숭칙한 놈들, 장골도 못 견딘다는 싸리회초리까지 휘둘러! 짐승보다 못한 것들!"

한 여자가 한시명의 얼굴에 물을 뿌려 정신이 들게 하고는 자기 허벅지에 머리를 눕히고 물을 조금씩 입으로 부어 주었다. 한 사람은 읍내 쇠전 옆에 사는 송산댁이었고 또 다른 이는 갈천리 조금자였다. 송산댁 남편은 좌익혐의로 1년형을 살고 나온 뒤 도피 중이었고, 조금자는 그녀 자신이 인민위원회 시절 갈천리 부녀회 책임자였다. 두 여자가 붙들려 온 첫날 송산댁에게는 네 서방놈이 집엘 기어들어 오지 않았느냐고 매타작을 하고, 조금자에게는 너같이 빨간 물들어 시집도 못 간 년은 처녀귀신 만들어야 한다고 매질을 한 뒤 이렇게 던져두고 있었다.

겨우 정신을 가다듬은 한시명은 우선 이순주 선생이 보이지 않음을 다행으로 여겼다. 지서에서 이 선생 부친 하나로 만족하는 것인지 어쩐지는 알 수 없지만, 한시명은 자기가 잡혀가는 걸 본 이순주가 제발 어제 그 길로 멀리멀리 도망쳤으면 싶었다.

"아이고 선상님, 우선은 잠시라도 앉아 있어 보이소. 여름이라 잘못하몬 살이 뭉개진께 심들더라도 매 맞은 자리에 자꾸 바람을 쐬야 데예."

조금자가 말했다.

"송산아지매나 내야 저놈들한테 내놓은 과녁 판대기라 치지만, 한 선상님 가족까지 이러는 거 보이 저놈들이 제 시절 만났다 싶어 미쳐 날뛰는 기 분명하네예. 지거 눈에 벗어났다 싶은 애매한 사람들 이 기회에 다 쥑이자는 거 아인지 참말로 무섭네예."

잠시 뒤 조금자가 다시 말을 이었다.

"그래도 선상님은 우리하고는 다른께네 풀려날 끼라예. 막내 오빠 핑계 대고 붙잡아 오기는 했지만 시상 눈이 있는데 안 풀어 주고 되겠십니꺼? 꾹 참고 버티 내야 합니데이."

"하모, 하모, 우리하고는 다르고말고. 활 들었다고 아무 데나 땡길 수야 있는가."

조금자 말에 송산댁이 거들었다. '과녁'이라는 조금자의 말에 한시명은 아까부터 가슴이 콱하고 막혀 왔다. 총 들고 활 든 놈들이 아무 데나 쏘아 대는 것 같아도 그들이 염두에 둔 과녁은 나름대로 있기 마련일 것이었다.

다음 날에도 아침부터 비가 내렸다. 한시명은 빗소리에 깨었던 소집일 전날 밤을 생각했다. 감잎을 튕기던 빗소리와 흙내가 그녀의 귀와 코를 열어 줌과 동시에 그토록 기다리던 빗소리를 이렇게 갇혀서 들어야 하는 서글픔과, 그 사이에 일어난 엄청난 일이 떠올라 그녀는 그만 울음이 북받쳐 올랐다. 처음에는 가만히 흐느끼다 점점 커져 가는 빗소리에 마침내 그녀는 엉엉 소리 내어 울었다. 그런 한시명을 두 여자는 지켜보기만 했다. 그렇게 내버려 두는 게 그녀를 도와주는 것임을 두 여자는 알고 있는 듯했다. 그들의 침묵은 인간이 고통과 슬픔에 의해서, 나아가 죽음 앞에서 단련된다는 걸 말해 주고 있는 듯도 했다. 한시명은 통곡을 쏟아 냈다.

오후에 여자 하나가 기듯이 들어왔다. 용주골 이 부자 큰며느리였다. 허리를 다쳤는지 엉금엉금 기어서는 곧바로 엎어져 누워 버렸다. 머리며 옷이 비에 젖어 더 허줄해 보였다. 송산댁과 조금자가 다가가 이 부자 며느리를 추슬렀다. 그들의 손길에도 깜짝깜짝 놀라던 이 부자 며느리는 어느 정도 시간이 지나자 소리 내어 울기부터 했다. 단 며칠 만에 일어난 엄청난 일에, 평생 읍내 밖을 나가 본 적이 없는 촌부는 완전히 혼이 빠져 버린 것 같았다. 그런 그녀를 내려다보던 송산댁이 말했다.

"몬 살아도 탈, 잘 살아도 탈인 시상이다. 당신 같은 부잣집은 또 무신 일고?"

시간을 들여 굼뜨게 바로 돌아누운 이 부잣집 큰며느리가 웅얼대듯 말했다.

"시아부지…… 영장…….."

송산댁이 무슨 소린가 하고 있는데 조금자는 고개를 끄덕이며 알았다는 시늉을 하였다.

"무슨 소리고?"

"언 놈들이 돈 뜯어 물라꼬 달라들었다, 그 말이구마는."

부읍장과 방위대장이란 사람이 두 차례나 찾아온 뒤 이 부잣집은 쑥대밭이 되었다. 아들들에게 영장과 방위대 소집이 한꺼번에 떨어지자 징용이 무섭던 일제 때도 없었던 일이라며 오늘 아침에 이 영감이 읍사무소로 달려갔지만, 돌아온 건 대청 사람의 몽둥이질이었다. 그들은 빨갱이와 내통했다며 남은 식구들에게까지 몽둥이를 휘두르고는 큰아들은 두고 이렇게 그 마누라를 잡아온 것이었다. 영감 대신 큰아들을 움직이기 위한 박대순과 김기환의 궁리였다.

"시상이 즈거 시상이라, 인자 빨가벗고 남의 재산 말아묵기에 나섰구나!"

송산댁이 혀를 끌끌 찼다.

세 사람의 이야기를 들으면서 한시명은 자신도 모르게 한 번씩 정신을 놓았다. 지옥 같은 잠 속에 빠지기 직전마다 그녀는 지서 문 앞에서 쳐다보았던 캄캄한 해를 본 듯했다.

당신들이 아니라 하나님이 정한 거다

8월 1일 저녁 일곱 시가 지났을 무렵 지서 주임 방에 이주호와 김기환이 앉아 있었다. 다른 일 때문에 먼저 모인 것이지만 한용범의 이야기가 나오지 않을 수 없었다.

"그놈도 권 대장 말처럼 어디 처박혀 죽었을 거요. 발견된 놈은 고개로 내려온 거고 그놈은 산으로 올라간 거 아니겠어요? 그쪽은 골이 깊은 데다 총 맞은 놈이 계속 산을 타고 갈 수도 없을 거고."

김기환의 말에 이주호는 글쎄, 하는 애매한 표정만 지었다.

한용범은 마을마다 민보단과 청년단을 통해 은밀하게 수색과 감시를 하고 있는 중이지만 살았다는 흔적도, 그렇다고 가장 좋은 결론인 사체도 발견하지 못하고 있었다. 이주호가 방위대장의 말에 이래저래 입을 열지 않는 것은 지치기도 했지만 가두어 둔 한시명에게 계속 신경이 쓰이고 있었기 때문이었다. 차라리 김기환이 지금 한용범보다 그놈의 여동생에 대해 이야기를 꺼낸

다면 의논이라도 해 보겠지만, 구금 중인 자들의 인적사항을 누구보다 잘 알고 있는 차석부터 자기 눈치만 볼 뿐 입을 열지 않고 있었다. 한시명은 시간이 지나면서 혼자 처리할 문제가 되어버린 것이었다.

김기환은 주임이 대꾸를 하지 않고 생각에 빠져 있자 벽장시계를 흘깃거리다 자기 손목시계를 보았다. 그들은 누구를 기다리고 있었다.

"올까요?"

김기환이 물었다.

"오겠지. 한 입으로 두말할 친구는 아니야."

이주호는 거기에 대해서만큼은 자신이 있었다.

그동안 대진에는 전쟁을 실감할 수 있는 여러 가지 일들이 벌어지고 있었다. 경남 서부지역에 처음 투입된 미군이 하동전투에서 패한 뒤로, 마산까지 밀릴지도 모른다는 불안감 속에 피난민들이 부쩍 몰려들고 있는 데다 몇몇 군부대들이 주둔을 한 것이다. 지서와 직접적인 관계가 있는 데는 육군특무대였지만 병력을 보충 중인 보병 연대의 정보참모가 유독 지서 업무에 관심을 보였다.

"나두 명색이 지투(G-2) 병과니 좌익놈들 잡는 데 일조를 해야겠지! 어디, 정보보고 좀 들어 봅시다."

주둔 이튿날 대위가 지서에 들어서며 한 말이었다. 땅땅한 몸

피나 오리걸음과 어울리지 않게 반드러운 서울 말씨를 쓰는 걸 두고 부하들은 돌아서서 고개를 갸웃거리거나 웃음을 참았지만, 이주호는 대위를 보는 순간 그가 맡을 역할이 당장 떠올랐다.

비상시국대책위원회에서는 얼마 전부터 남 목사를 처형하기로 하고 시일과 방법 등은 지서 주임과 방위대 대장에게 일임한 상태였다. 두 사람은 믿을 만한 수하 몇 명만 데리고 남 목사를 처리할까 생각해 보기도 했지만 뒷감당에 자신이 없어 미적대고 있던 참에 대위가 나타난 것이었다. 군을 끌어넣는 것은 남 목사 가족이나 교회 사람들은 물론 주민들의 입을 막는 데 꼭 필요한 데다, 상주해 온 권력의 해군첩보대나 주둔한 지 얼마 되지 않은 특무대보다는 병력이 충원되는 대로 곧 떠나 버릴 연대가 뒤를 생각해서도 훨씬 편했다.

이주호는 아주 정성 들여 관내 좌익사범 현황을 설명했다.

"이 주임이랬나, 당신 수고가 많구먼. 하는 일이 이게, 어디 본서 규모 일이지 일개 지서가 맡을 일이 아니구먼 그래."

보고를 다 듣고 난 대위가 말했다.

그제야 이주호는 〈중간파(회색분자) 명부〉 철을 내보이며 남 목사를 찍었다. 다행히도 대위는 호기심 이상의 관심을 보였다. 상대가 목사 신분이라는 것에 대해서는 신경도 쓰지 않았다. 특히 학교를 세울 때 공동생활을 하면서 공동노동을 했다는 말을 듣고는 대뜸 이렇게 말했다.

"평등이니 계급타파 주장이구먼."

그리고는 이주호에게 이렇게 물었다.

"낫하구 망치 그려진 국기가 어느 나라 국기요?"

"네?"

"좀 전에 목사란 친구가 학생들에게 삽하구 곡괭이 들려 행진시킨다 했잖았소?"

"아, 그게……."

"목사 친구가 빨간 색깔로 큰 글씨 쓰는 걸 좋아한다며? 삽이나 곡괭이나 그게 다 농민하구 노동잘 뜻하는 거지. 지서 주임이란 사람이 여태꺼정 쏘련 국기두 보지 못했단 말요?"

술자리에서 알았지만 대위는 진급이 늦어도 한참 늦은 고참이었다.

"내, 삼팔선서 근무할 제 재수가 없으려니 큰 사고가 두 번이나 터지는 바람에 신세 조졌수다, 허허."

대위는 작부의 허리를 감으며 자기 진급 이야기를 할 정도로 소탈하고 단순한 성격이었다. 하동전투에서 전사한 채병덕 장군 이야기가 나왔을 때는 눈물을 주르륵 쏟기도 했다.

"대한민국의 참모총장 하신 분이 그래, 일개 대대병력 데리구 전투에 나간다는 거, 그게 쉬운 일이오? 지서장이면 그리 하겠소, 응? 영어나 쥐부리구 미군 옆에 붙어 선 똥별들보담 백 배 낫지!"

이주호로서는 몸을 사리거나 눈치를 보지 않고 비분강개하는 대위가 인간적으로 편했다.

어제 이주호는 술자리에서 남 목사 이야기를 다시 묻혀 냈고 대위로부터 그럼 오늘 저녁 무렵에 지서에서 보자는 답을 받아 냈다.

"안 와도 하는 거지요?"

김기환이 말했다.

"또 언제 날 잡겠어. 시골에 있을 때 해치우는 게 편하지."

남 목사가 그의 백씨(伯氏) 집에 있다는 첩보는 이미 들어와 있었다.

"그럽시다."

김기환이 고개를 끄덕이며 결심을 굳히고 있을 때 대위가 지시봉으로 자기 왼쪽 어깨를 톡톡 치며 주임실로 들어왔다.

"앉아서 회의만 백 번 허면 뭘 하나, 구체적으루 일을 해야지."

대위는 엉덩이를 의자에 내려놓으며 투덜댔다.

"애들 데리구 나오려면 연대장이 또 회의하자 할 거구, 나 혼자 왔어."

"잘했습니다. 우리 병력이면 충분합니다."

이주호의 말은 진심이었다. 대위는 현장에 있어 주기만 하면 됐다.

"그래, 목사놈이 빨갱이 물이 든 건 확실하지요?"

대위가 다시 다짐을 주었다.

"우리 주임이 찍은 놈들은 틀림이 없습니다."

김기환이 나섰다.

"응, 방위대 대장이시지."

대위가 김기환을 보고 아는 척했다. 대위를 만나는 자리에 이주호는 언제나 김기환을 같이 앉혔다. 이주호는 남 목사 개인 사찰 보고서를 다시 내밀며 이 친구도 막상 일이 닥치니 신경이 쓰이는구나 싶어 긴장했다.

"이건 뭐요, 선거사무장 했다는 거?"

대위가 서류에 눈을 박은 채 말했다. 남 목사는 1948년 초대 국회의원 선거 때 남로당원이며 민전 Y군 사무국장을 지낸 사람이 출마하자 교장직을 사표 내면서까지 선거사무장으로 나선 적이 있었다.

"같은 교회 신자인 데다 학교 설립 이사라서 도왔다, 말은 그렇게 하지요."

이주호가 답했다.

"이런 빨갱이가 어째 선거에 나설 수가 있어? 거기다 목사는 교장까지 팽개치고 선거운동을 해? 이거 하나만 봐두 빨갱이구먼."

"일본서 신학교 다니면서 이상한 데 물이 들었는지도 모르지요. 이상적인 농촌공동체를 추구하는 뭐 그런 교파가 있었다 합디다. 무엇보다 어디서 무얼 하다 여기 들어왔는지 알 수가 없어요."

이주호의 뒷말처럼 남상택 목사는 대진 사람이 아니었다. 하지만 인근 군 출신에다 학교를 마산에서 다녔다는 점에서 한용범의 집안이나 민 원장과는 또 달랐다. 대진읍에서 가까운 면의 금융조합에서 근무하면서 형님 가족까지 옮겨 오게 했기에 전혀 연고가 없는 것도 아니었다. 야학에 관심을 가지고 아이들을 가르치기 시작한 것도 그 무렵이었다. 그러다 교육 사업과 목회에 뜻을 세우고 일본으로 건너가 순전히 고학으로 신학대학을 마치고 부산에서 목회 일을 하다 광복을 맞았다. 그만한 학력과 목회 경력이면 제대로 된 학교나 교회 일을 할 수 있었지만, 그는 일제 때부터 품어 왔던 농촌사회 개혁과 교육사업의 뜻을 버릴 수 없었던지 자신이 처음 야학을 열었던 곳으로 돌아왔다.

그렇지만 이주호가 직접 작성한 보고서에는 해방 후 대진에 들어온 뒤의 남 목사 행적들만 길게 늘어놓고 있었다.

"다른 놈들은 없나? 목사 하나 처리하는 데 이렇게 여럿 야단칠 게 뭐가 있나."

서류를 밀치며 대위가 말했다.

"남 목사 학교 이사장인 성시천이란 자하고, 또."

이주호는 서류를 뒤적이는 척하며 얼른 이름 하나를 내뱉었다. 대위를 만나는 동안 입안에 계속 맴돌았지만 이야기가 복잡해질까 싶어 목구멍에 삼켜 두었던 이름이었다. 재력가인 성시천은 언제든지 국회위원 선거에 뛰어들 수 있는 자라 국민회 사람들이 경계하는 인물이었다.

"딴 놈들은 몰라두 목사한테는 몇 마디 물어봐야겠지? 절차는 밟아야 하니까."

대위가 현장에서 자신이 해야 할 일까지 짚어 보며 먼저 엉덩이를 들었다. 이주호는 골치 아픈 남 목사 문제가 해결된다는 마음에, 긴장은 되면서도 지서를 나서는 걸음은 가벼웠다.

그러나 이주호는 곧 낭패를 당해야 했다. 뒤에 끼워 넣은 사람들 집을 찾았을 때마다 그들이 없었기 때문이었다. 그들은 이미 미검거로 본서에까지 보고를 마친 자들이었다.

"이 자식들이 다 내뺐네."

그때마다 김기환과 같이 씩씩거리며 화를 냈지만, 네 번째 허탕을 쳤을 때 대위가 갑자기 손에 들고 있던 지시봉의 뾰족한 끝 대가리를 이주호의 턱에 겨누었다.

"이 새끼, 내 앞에서 장난치냐? 너, 전시에 지서 주임 맞어?"

한바탕 소동이 있은 뒤 성시천을 잡아 남 목사 형님 집으로 들이닥쳤을 때는 한밤중이었다. 남 목사는 몸이 성치 못한 형님의 농사일을 거들기 위해 가끔씩 이곳에 머물기도 했는데 그날도 그런 경우였다. 막 잠자리에 들었던 남 목사는 무얼 따지고 말 것도 없이 새끼줄에 손이 묶여 트럭에 달랑 태워졌다.

"어디루 가나?"

"강이 바로 옆이니까."

대위가 묻자 이주호가 망설이지도 않고 대답했다.

트럭이 멈춘 곳은 M군으로 건너가는 다리가 보이는 강둑 바로 아래였다. 흙으로 쌓은 허술한 강둑 옆으로 민가가 몇 채 있어 그들은 두 사람을 끌고 좀 더 걸어가야 했다.

"빨리 해치우구 가! 겨우 두 놈 갖구 장소 가릴 게 뭐가 있어."

아무렇게나 자란 잡초를 밟을 때마다 모기와 날벌레들이 날아오르는 어두운 둑길을 걷는 데 짜증이 난 대위가 말했다. 밭이 끝나는 지점에 작은 내가 흐르고 멀리 어둠에 묻힌 숲이 보였다. 그들은 강을 끼고 주머니처럼 뻗은 모래톱이 둑 높이로 솟은 곳에 이르렀다.

남 목사와 성시천은 강을 등에 두고 모래톱 위에 세워졌다. 남 목사는 일본에서 고학할 때는 물론 대진에서 학교를 세울 때도 몸소 흙벽돌을 찍는 등 노동으로 단련된 몸이라 어둠 속에서도 바위마냥 단단하게 그 모습을 드러냈다.

"이게 무슨 근거에 의한 체포이며 신문인가?"

남 목사가 먼저 입을 열었다. 대위와 나란히 서 있던 이주호가 한 발짝 뒤로 물러섰다.

"이게 뭐냐구? 비상계엄하에서의 약식 재판이다. 묻는 말에 답이나 해! 빨간 글씨를 좋아한다며? 그건 왜야?"

남 목사는 무엇을 헤아리는 듯 잠시 침묵을 지키다 말했다.

"글씨가 눈에 잘 들어오지 않는가, 그뿐이다."

"졸업식을 야간에, 한밤중에 한다며?"

"야간학교로 시작했으니까, 야간학교니까 졸업식도 밤에 한 거다. 농사짓는 학생들이 저녁에 올 수 있으니까. 주간 수업을 하고부터는 주간에 졸업식을 했다."

"왜 국경일이나 무슨 행사 때마다 아이들 동원해서 곡괭이하구 삽 들려서 시가행진 시켰어? 그거 비슷한 낫하구 망치가 공산당 마크잖아!"

"곡괭이하고 삽이다. 그리고 비도 들고 나왔다. 노동은 신성한 거고 노동을 하려면 곡괭이와 삽이 필요하다. 행진을 시킨 건 농사짓는 아이들에게 너희들도 학생이라는, 학생 신분이라는 긍지를 심어주기 위해서였다. 그냥 메고 행진만 한 게 아니고 거리 청소며 보수를 했다. 그건 저기 있는 지서 주임도 잘 알 거요."

그러나 이주호는 아무 말도 하지 않았다.

"광복 되고 공산당 모임에서만 연설했다지? 왜 민족진영에서는 좋은 말씀 하지 않았어?"

"불러 주지 않았기 때문이다. 그런 자리를 만들지 않았단 말이오. 그리고 공산당 모임이라 하는데 농민조합 총회 자리 정도요."

"국회의원 선거에 좌익놈 선거운동 했잖아?"

"재판받고 복권되었소. 복권되어 피선거권이 있는 사람이란 말이오. 내가 사무장이 된 건 그가 기독교 신자이자 우리 학교 이사였기 때문이오."

"시끄러, 본인이 빨갱이임을 인정하지?"

"인정하지 않소!"

갑작스런 대위의 말에 남 목사도 지지 않고 재빨리 대답했다.

"그게 소용없는 말이라는 건 알지?"

잠시 틈을 두고 대위가 물었다.

"소용이 있든 없든 나는 공산주의자가 아니란 말을 한 거요. 나는 목회자요, 교사일 뿐이오!"

"끝났어!"

이주호에게 주워들은 게 전부인 대위로서는 토막 추궁만 할 수밖에 없었고 남 목사도 자신의 성격대로 극히 간명하게 답했다. 대위의 말이 무얼 의미하는지를 안 남 목사가 서두르지도 않고 말했다.

"내가 죽어야 한다면 그것은 당신들이 정한 게 아니라 하나님이 정하신 거요. 나는 목사니 기도는 해야겠소. 당신들에겐 짧지만 내게는 극히 긴 시간이오."

"그래, 좋아."

대위는 선선히 승낙했다.

"우리에게는 길고 당신에게는 짧겠지."

뒷말까지 보탠 대위가 뒤로 물러나고 남 목사는 모래밭에 무릎을 꿇었다. 그리고 눈을 들어 잠시 하늘을 쳐다보다 고개를 숙였다.

"주여! 먼저 이 죄인들을 용서하시옵소서…… 이 겨레, 이 나라를 전란의 재앙에서 구하시고 가난에서 건져 주시옵고, 작은 밀알 하나가 썩어 많은 열매가 맺기 시작하는 저희 학교와 재단을 축복해 주시옵소서. 이제 이 죄인은 주의 뜻을 받들어 주의 품에 육신과 혼을 기탁하오니, 주여, 남기고 가는 자들을 살펴 주시옵소서…… 아멘!"

그는 새끼줄에 묶인 두 손을 가끔 힘주어 흔들면서 기도했다.

"일으켜 세워!"

마지막 말을 기다렸다는 듯이 이주호가 나섰다. 경찰 둘이 남 목사를 일으켜 세우고 대열에 합류하자 이주호가 어깨에 메고 있던 카빈총을 내렸다.

그 순간 남 목사로부터 두어 걸음 떨어져 서 있던 성시천이 아주 빠르게 몸을 돌려 강으로 뛰어들었다. 정말 순식간의 일이었다. 성시천은 그의 앞에 둘러선 사람들의 주의가 온통 남 목사에게 주어져 있는 동안 오직 한 가지만을 골똘히 생각하고 있었다. 모래톱으로 걸어가 세워질 때 그는 모래톱이 언덕처럼 높다는 것, 그리고 너덧 걸음이면 강으로 뛰어들 수 있다는 걸 순간적으로 알아차렸다. 사흘 전에 큰비가 내렸다는 기억도 생생했다. 등 뒤로 숨 죽여 흐르는 강물 소리에 귀를 크게 열고, 그는 사자(死者)가 아니라 이 현장의 사자(使者)가 되어야 한다고 결심했다. 성시천은 주임이 총을 푸는 순간 몸을 잽싸게 돌려 강으로 뛰어들었다. 깊이깊이 강심에 닿는 것, 그게 이 세상에서의 마지막 소망이었다.

"발사! 쏴, 쏘라고, 저 자식부터!"

이주호가 소리쳤다. 부하들이 거치상태에 있지 않던 총을 급히 들어 노리쇠를 풀고 총을 쏘기 시작하는 데에는 다소의 시간이 걸렸다. 어둠 속에서 남 목사만 풀썩 넘어지는 게 보였을 뿐 성시천은 보이지 않았다. 이주호나 김기환은 모래톱 끝으로 달려가 강을 향해 총을 쏘아야 한다는 걸 알면서도 띄엄띄엄 발사되는 총알 때문에 앞으로 뛰어갈 수도 없었다.

"사격 중지! 야 새끼들아, 그만 쏴, 그만!"

이주호와 김기환은 총소리가 완전히 멈추었다는 걸 확인하고서야 모래톱 끝으로 뛰어갔다. 뒤따라 달려온 부하들이 어두운 강물 여기저기에 총을 갈겨 대기 시작했다.

"지점을 나누어서 쏴! 둘은 저쪽, 둘은 이쪽! 좀 멀리도 쏘고!"

두 사람의 다급한 목소리가 총탄 소리를 뚫고 울려 퍼졌다.

그러나 얼마 못 가 사격 중지 명령도 없이 총탄 소리는 서서히 그쳐 갔다. 지급된 실탄이 다 떨어진 것이었다. 이주호와 김기환은 우두커니 서서 컴컴한 강물을 멀거니 내려다보았다. 그래도 정신이 먼저 든 건 이주호였다.

"야, 강에 들어가 봐!"

부하 둘이 옷을 벗고 강에 뛰어들자 이주호는 거친 호흡을 내뱉으며 강가의 모래톱을 이리저리 거닐었다. 그의 발걸음은 쓰러진 남 목사의 시신으로부터 멀찍이 떨어진 곳만 찾고 있었다. 김기환도 난감했다. 생각지도 못한 일이 일어나고 만 것이었다. 그도 남 목사의 시신 쪽으로는 눈도 돌리지 않은 채 모래언덕 끝에 서서 첨벙첨벙 강물 더듬는 소리를 듣고 있었다.

얼마나 지났을까, 강에 들어갔던 부하 둘이 얕은 모래톱 위로 올라와 이주호에게 다가갔다.

"강 건너도 두 번이나 가 보고 밑으로도 한참 내려가 보았는데, 물도 깊고 어두워서……."

이주호는 부하의 말을 듣고도 한참이나 입을 닫고 있었다. 병력을 더 동원해서 강가를 뒤지기에도 시간을 놓쳤고 강 건너편의 경찰에 연락을 취해 협조를 요청하기에는 따져 볼 게 많았다. 그는 남 목사 시신 쪽으로 눈을 돌렸다. 거기서는 김기환이 부하들을 시켜 돌멩이를 찾아오게 하는 등 부산을 떨고 있었다.

"이런 강가에 큰 돌이 있나, 시간이 걸려두 단단히 묶어 던져야지."

그동안 지켜만 보고 있던 대위가 한마디 내뱉고는 뒤돌아섰다. 이주호는 대위의 등짝을 향해 총이라도 갈기고 싶은 심정이었다. 몇 마디 하고 그냥 쏘았으면 잘 끝날 일을 무슨 개폼 잡으면서 약식 재판을 한다고 지랄을 떨어! 이주호는 울컥하고 성질이 솟았지만 입을 열 수는 없었다.

차가 세워진 길가로 걸어가던 대위가 구시렁거렸다.

"어디 찍을 놈이 없어 재수 없는 목사 놈을 찍어. 씨펄, 목사 그거 영 재수 없어!"

담보물들

다음날 새벽부터 이주호와 김기환은 의용경찰과 방위대는 물론 대청 애들까지 풀어 강 양편의 마을과 갈대밭 등을 뒤졌지만 성시천은 흔적이 없었다. 익사해서 하류로 흘러갔다면 며칠은 기다려야 사체가 떠오를 것이었다.

차석이 이주호에게 본서의 전화공문을 내민 건 현장에 다녀온 오후였다. '금일, 가용범위 내 구금자 처리 후 보고'. 금일이라는 글자를 재차 확인하며 이주호는 자신도 모르게 한숨을 내뱉었다. 잠을 설친 데다 땡볕 아래서 헤맨 몸이 천근만근이었다. 오늘 같은 날 남 목사와 성시천을 처리했더라면. 밀려오는 후회가 마음까지 지치게 했다. 멀대같이 키가 큰 차석은 그냥 서 있기만 했다.

"앉아요."

이주호가 수건으로 땀을 닦으며 말했다.

"차량 지원은 있대요?"

"5시까지 트럭 한 대를 더 보내겠답니다."

"한 대 갖고 되나. 숫자를 어느 정도로 하지?"

그러고 보니 오랜만에 차석과 마주 앉아 업무 이야기를 하는 것 같았다.

"가용범위란 말을 한 걸 보면 숫자를 많이 하란 소리 아니겠습니까. 참, 구금자들 중에서 앓는 사람들이 있답니다. 민 원장이랑 몇이……."

"그래요? 창고에서 죽는다면 골치 아픈데, 이참에 다 불러냅시다."

"그러죠. 우리 관할이 아닌 자들도 많은 데다 말씀처럼 병사자라도 생기면 골치만 아파지니까."

이주호는 고개를 끄덕이며 "명단을 만듭시다."라고 말했다. 차석은 그동안 명단 작성에 관여한 적이 없었기에 주임의 말이 다소 의외였지만 아무 말 없이 엉덩이를 붙이고 앉아 있었다. 이주호는 몸도 피곤한 데다 대규모 처형명령이라 달리 신경 쓸 것도 없겠다 싶었다.

"그냥 구금 날짜대로 죽 옮겨 적지."

"그러죠. 참, 여자 중에 조금자가 있습니다."

구금자 명단을 살피던 차석이 말했다.

"그년도 오늘 넣지 뭐."

이주호는 쉽게 답했다. 그러면서 차석이 서류에 있는 송산댁이란 년은 왜 들먹이지 않는지, 그리고 한시명과 김기환이 잡아온 용주골 이 부자 큰며느리는 서류에 오르지 않았기 때문에 입을 다물고 있는 건지, 이주호로서는 거기에도 잠시 신경이 쓰였다. 차석은 명단 뽑는 일이 다 끝날 때까지도 끝내 어젯밤 남 목사 건이나 한용범과 한시명에 대한 말은 입 밖에 내지 않았다. 차석은 비상시국대책위원회 위주로 돌아가는 판세를 읽으면서 자기 나름대로의 처신을 하고 있는지도 몰랐다.

"어젯밤 일 말이오."

이주호가 남 목사 이야기를 꺼냈다. 부하들을 강으로 내보낼 때 차석에게 남 목사와 성시천의 처형에 대해 잠깐 설명하기는 했지만, 그 일이 대위의 손에서 이루어졌다는 걸 다시 한 번 명확히 해 둘 필요가 있었다.

"대위가 아주 완강합디다. 목사 신분이라 조심스럽다고 몇 번이나 말했는데 어찌나 서두는지. 그래서 사단이 난 건지……."

이주호의 뒷말은 힘이 없었다.

5시가 지나, 특무대 파견대장인 상사가 지서에 들어섰다. 시퍼런 물을 들인 옥양목 복장의 특무대원들은 명찰은 물론 계급장도 달고 있지 않았다.

"해군 지투 대장은 안 오셨네."

상사가 손에 든 박달나무 몽둥이를 의자 옆에 놓으며 말했다. 상사는 주둔 첫날부터 권혁의 부대를 첩보대라 부르지 않고 편제명대로 해군 지투라고 했다.

"앉으세요. 곧 오시겠지요."

이주호가 자기 책상에서 명단을 들고 상사가 앉아 있는 소파로 걸어갈 때 권혁이 들어섰다. 세 사람은 탁자 위에 내놓은 수박을 먹으면서 곧장 인원과 장소문제를 의논했다. 이주호로서는 어쨌든 창고를 비운다는 원칙을 세웠으므로 그동안 마음에 조금이라도 짐이 되던 사람들을 다 실어내 버릴 수 있어 후련했다.

"여자도 하나 있네?"

대충 명단을 훑어보던 상사가 말했다.

"인민위원회 부녀회장 하던 년입니다."

"이년 이거 내가 데리고 갈까?"

"그러시죠. 우리는 계집들을 배에 안 태우니까, 허허."

권혁이 웃으면서 말했다.

"그럼 주임이 줄을 그어요. 밖에 서 있는 트럭 보니까 민간 화물차라도 지에므씨(GMC)만큼 태우겠던데, 우리가 그거 타고 한 삼분지 이 하고 지투가 나머지 하는 거로."

"그럽시다."

권혁이 고개를 끄덕이자 이주호는 명단의 적당한 지점에서 연필로 선을 그었다. 그리고 맨 아래쪽에 적힌 조금자를 동그라미로 둘러치고는 화살표를 위로 끌어올려 특무대가 처리할 명단쪽에 넣었다.

"칠월달에 했던 첫 번째 숫자보다는 보기가 낫네."

"무슨 말이오?"

수박을 베어 물던 상사가 권혁을 바라보았다.

"그때는 죽을 사 자가 두 번이었거든요, 하하."

"난 또 무슨 일이 있었나 했네."

상사가 턱으로 흘러내리는 수박 물을 손으로 훔치며 웃었다. 이주호도 잠깐 따라 웃으면서 권혁도 그동안 많이 변했다는 생각을 했다. 딱딱하게 격식을 차리며 무엇을 파고들던 모습이 거의 보이지 않게 된 것이었다. 끗발 좋은 특무대가 온 데다 전쟁판에 사람 죽이는 일이 무얼 따져 할 게 아니라는 걸 알았겠지. 결국 누구나 익숙해져 가는 거다. 이주호의 생각은 상사의 말에 깨졌다.

"숫자 따질 것 있소. 이 빨갱이들, 우리한텐 담보물이지."

상사가 목소리를 낮추었다.

"들으셨는가 모르겠는데, 요 위에 합천이 떨어졌어요. 이런 판에 이 새끼들이라도 죽여야 반분이 풀리지."

"합천이요?"

이주호로서는 처음 듣는 소리였다. 최후 방어선이 된 낙동강은 경남에서 합천, 의령, 창녕을 지나면 곧바로 어젯밤 남 목사를 세웠던 곳으로 흘러들었다.

상사는 고개를 끄덕였고 권혁은 탁자 한쪽에 밀쳐 둔 명단에 눈길을 두며 "저 자식들, 잠재적 적이지."라고 내뱉었다.

금강 전선이 무너졌을 때 첫 번째 대규모 처형 명령이 내려온 걸 상기한다면 이번 명령도 위기감이 불러온 것이라고 보아야 했다. 그러나 이주호로서는 남 목사 처형을 하루 미루지 못한 후회에 다시 속이 끓을 뿐이었다.

"대진 수박이 옛날부터 달았나? 물도 많고 다네."

상사가 수박 한쪽을 다시 베어 물었다. 이주호가 "네, 그렇지요."라고 건성으로 답하고 세 사람은 말없이 큼직큼직하게 썬 나머지 수박을 먹었다.

"그럼, 시작합시다. 장소는 지서에서 정한 대로 하고."

쟁반 위에 이빨 자국이 난 껍질이 수북하게 쌓이자 상사가 물수건으로 입가는 물론 얼굴까지 닦으며 말했다. 그가 박달나무 몽둥이를 들고 먼저 일어났다. 몽둥이는 경찰봉보다 조금 길고 아래로 내려갈수록 볼록한 모양이었다.

"볼 때마다 잘생겼다 싶네요."

권혁이 한마디 했다.

"에이, 그래도 권총을 차야지."

상사가 버릇처럼 몽둥이로 손바닥을 톡톡 두드리며 말했다. 권혁도 요즘 들어 권총 생각뿐이었다. 본부의 탁 중사를 볼 때마다 부탁을 했지만 여태 "그게 우리 쪽으로는 잘 안 와."라는 소리만 듣고 있었다.

"콜트도 무거운가 보던데."

"그건, 보병용이지. 우리 대장 것처럼 피스톨 정도는 돼야지."

권혁과 상사가 말을 주고받으며 주임 방을 나섰다. 상사가 말한 대장이란 육군 중위인 본읍의 특무대 대장을 말했다. 권혁도 그가 바지춤에 찔러 넣고 다니던 갈색 피스톨을 본 적이 있었다.

지서 뒷마당에는 특무대원과 해군 첩보대원들 몇이 담배를 피우며 앉아 있다 엠원과 카빈 소총을 챙겨 들고 일어났다. 대부분 병력은 처형 현장으로 먼저 가고 고참들만 모여 있었다. 세 사람을 선두로 그들은 미창 쪽으로 걸어갔다. 방위대원들이 길을 차단하고 있어 대로는 텅 빈 듯했다. 지는 해에 창고의 붉은 지붕이 발갛게 타오르듯 빛났다. 상사가 햇빛에 눈을 찌푸리면서 뇌까렸다.

"이만한 규모의 창고 있는 읍이 드문데…… 하여튼 일본놈들 일 하나는 야무지게 해. 벽돌 보니 백 년은 가겠구먼."

이주호는 문 앞에서 기다리고 있던 차석에게 저고리 호주머니에 넣어 온 명단을 건넸다.

"본서로 이송 가요!"

창고 문이 열리자 차석이 한마디 내뱉고는 이름을 호명하기 시작했다. 밖으로 나온 사람의 신원을 확인하고 손을 묶은 다음 다시 둘씩 짝을 지어 오랏줄로 엮어 차에 태우는데 시간이 제법 걸렸다. 권혁은 잠시 지켜보다 일찌감치 쓰리쿼타 앞자리에 앉았지만 특무대 상사는 처음부터 끝까지 마당에 서 있었다. 민간에서 징발한 트럭을 지켜보던 상사가 "호루까지 제대로 있네. 그래도 다 태우고 나면 가빠로 확 덮어 버려! 수박 신고 가는 것처럼."하고 옆에 선 부하에게 말했다.

"재판을 받게 해 줘, 재판을!"

그때 손이 묶이던 누군가가 소리쳤다. 대원 하나가 엠원 개머리판을 치켜들자 상사가 말했다.

"야, 그 새끼 이리 데려와!"

끌려오는 이는 다리를 절고 있었다.

"이름이 뭐야?"

상사가 박달나무 몽둥이로 제 왼손바닥을 토닥이며 물었다.

"최연중이오."

"그래, 재판? 야 이 새끼야, 이게 재판이다!"

상사의 말과 동시에 몽둥이가 휙 하고 날더니 순식간에 최연중의 머리를 내리쳤다. 바로 피가 튀어 올랐다. 신음소리도 내지 못하고 앞으로 고꾸라지는 그를 대원들이 질질 끌어 트럭에 던져 넣었다.

"진짜 수박 차로 만들까 보다, 빨갱이 새끼들!"

상사는 "낙동강까지 밀린 판에 니놈들이라도 다 죽여 버려야 속이 시원하지."라고 중얼거리며 트럭 앞으로 걸어갔다.

해가 제법 남아 있을 때 두 대의 트럭은 창고 앞을 떠났다.

다음 날 아침, 금동 사는 고 서방은 집을 나섰다. 다른 날과 달리 소집 시간이 일러 새벽같이 논일을 하고는 바쁘게 나서야 했다. 요즘 들어 매일같이 소집이었다. 보련결성 직후 두어 번 본읍의 농업학교 강당에 모아 놓고 사상 강연이란 걸 한 뒤로는 읍면 단위로 한 번씩 인원 점검만 했었는데, 전쟁이 난 뒤로는 소집이 부쩍 잦았다.

어젯밤 구장이 고 서방의 집에 들렀다.

"내일은 아침에 교육한다꼬 열 시까지 오란다."

그는 고 서방을 빤히 바라보면서 "내일 갈 거제?"하고 다시 확인까지 했다.

"와, 그것도 꼭 물어보라 카더나? 그럼 내가 가지, 왜 안 가. 내가 무신 죄를 짓다고 피할 끼가!"

"아따, 그놈의 성질머리는. 말 한마디 붙이기 무섭네."

"보련이 그리 좋으몬 니는 와 도장 안 찍었노! 말캉 도독놈들! 글 모르고 힘 없다고 집어넣어 놓고는 이 바쁜 농사철에 오라 가라, 논은 누가 매노, 누가!"

고 서방은 벌써 삽짝 밖으로 사라진 구장에게 쏘아붙였다. 그렇지 않아도 큰아들 고시돌이 군에 간 뒤로 일손이 없어 허리가 휠 지경인데, 읍에 한 번 나갔다 오면 한나절이 수월케 가 버렸다. 미창에 가두었던 사람들이 실려 나가고 총소리가 난다는 소문이 파다한 요즘이지만, 그는 농사일만 생각하면 읍에 불려갔다 올 때마다 화가 치밀어 올랐다. 화가 나는 만큼 그는 악착같이 소집에 나갔다. 소집에 충실하게 응하는 것이 구장에게 도장 넘겨준 죄밖에 없는 자신의 억울함을 증명하는 길이라고 생각하고 있었다.

그는 읍내가 보이는 길까지 와서 나무그늘 아래에 앉았다. 밀짚모자를 벗어 손등으로 이마의 땀을 훔치고는 허리춤에서 곰방

대를 꺼냈다. 비싼 밀짚모자는 순전히 소집교육 덕분에 산 것이었다. 오래 써서 여기저기 구멍이 난 보릿대 모자로는 땡볕 이십리를 오가기 어려웠던 것이다. 마음이 타서 그런지 올 여름 볕은 유난한 것 같았다. 그는 살담배를 대통에 재워 넣고 성냥을 그었다. 흩어지는 담배 연기 저편으로 들에서 논일 하는 사람들이 보였다. 그는 파릇파릇하게 자란 모들이 햇볕에 출렁이는 들녘을 부럽게 바라보았다. '전쟁이 나고 손은 모자라도 시절은 참 좋네.' 그가 보기로 올가을은 풍년일 것 같았다. 이놈의 소집만 아니면 지금 당장 논에 뛰어들어 등짝이 타도록 김을 매고 싶었다.

그는 담배가 다 탄 뒤에도 한참을 그렇게 앉아 들을 바라보다 일어났다. 다른 마을 쪽 샛길에서 너덧 사람이 줄을 선 듯 나란히 걸어오고 있었다. 늘 보는 사람들이기도 하고 입성도 표가 나 소집에 나온 사람임을 금방 알아차렸다. 신발이나 삼베옷에 흙물이 묻은, 하나같이 일을 하다 급하게 나오는 차림이었다.

그들은 서로 얼굴을 마주쳐도 말이 없었다. 아예 시선을 피하거나 입을 봉했다. 서로 아는 사이라도 남의 눈을 피해 몇 마디 주고받을 뿐이었다. 다른 마을 사람들이 걸어오는 걸 보고 고 서방이 엉덩이를 턴 것은 소집시간에 늦어서가 아니라 서로 죄지은 사람 대하듯 외면하는 꼴을 보기 싫어서였다.

군부대가 국민학교 두 곳에 주둔하고 난 뒤로 소집장소가 된, 일제 때 공설운동장을 닦다 만 하천부지로 들어섰을 때 고 서방은 뭔가 다른 분위기를 느꼈다. 부락 단위로 모여 앉았다가 차석이 오면 인원 점검을 받았는데 오늘은 도착 순서대로 확인을 하고 있었다. 지서에서 나온 사람들 숫자도 훨씬 많았다.

고 서방은 차례가 오자 동네 이름과 자기 이름을 말했다. 수양버드나무 아래에 책걸상을 놓고 앉은 순경이 명부에 무슨 표시를 하자, 의용경찰이 그의 손목을 잡아끌면서 먼저 온 사람들이 모여 앉은 쪽으로 데리고 갔다.

"이리 오소!"

땀이 나는 남의 살도 싫은 데다 어찌나 억세게 손목이 조여 오는지 고 서방은 짜증이 났다.

"이 손 놔라! 내가 죄 짓나, 내 발로 걸어가몬 되지."

"이놈의 영감쟁이, 아침부터 바빠 죽겠는데, 콱 마!"

의용경찰이 신경질을 내면서 금방이라도 발길질을 할 기세였다.

"야, 야! 그만두라이!"

다른 쪽 나무 그늘 아래 서 있던 누군가가 소리쳤다. 의용경찰 대장이란 자였다. 그 말을 들은 의용경찰놈이 움켜잡았던 고 서방의 손을 놓았다.

"스물, 꽉 찼습니더!"

사람들 꽁무니에 고 서방이 붙어 앉자 그쪽에 서 있던 의용경찰 하나가 소리쳤다.

"그래?"

정복을 입은 순경이 대열 앞에 섰다.

"어, 오늘 비상소집은 다른 날과 좀 다르요. 실내 교육이 있으이 인원 점검 마친 순서대로 이동을 합시다. 질서유지! 그거 하나만 꼭 지켜 주소."

고 서방은 앉자마자 일어서야 했다. 두 줄로 맞춰 서자 의용경찰들이 열의 옆에 붙어 섰다. 의용경찰대장이 "출발!" 하고 소리치자 대열은 움직이기 시작했다. 행렬은 하천 둑을 걸었다. 건너편 논둑에도 방위대원들이 드문드문 지키고 서 있었다.

"오늘은 뭐가 좀 다르네, 어데로 델고 가노."

행렬 중에서 구시렁대는 사람은 고 서방뿐이었다. 다른 사람들은 모두 입을 다물고 걷기만 했다. 도착한 곳이 미창이란 걸 알고서야 "어, 여기 와?" 하는 소리들이 잠시 터져 나왔지만 퍼런 옷을 입고 총을 든 사람들의 서슬에 쫓겨, 그들은 창고 안으로 들어가고 말았다.

점심을 굶은 고 서방이 저녁밥을 먹은 것은 7시가 넘어서였다. 며느리를 데리고 논일 하던 마누라가, 교육받으러 간 사람들 미창에 다 가두었다는 소식을 뒤늦게 듣고 부랴부랴 꽁보리밥이라도 새로 해서 십리 길을 달려온 때가 그때였다. 고 서방이 밥을 먹으며 목이 멘 것은 국이 없어서가 아니었다. '내가 무신 죄를 지었다고 이런 꼴을 당하노.' 속을 끓이면서도 그의 머릿속에는 못다 맨 반 마지기 천수답 걱정뿐이었다.

다음 날 아침, 통금이 풀리자마자 미창 앞에는 갇힌 사람들의 가족이 줄을 섰다. 식사는 물론 갈아입을 옷가지와 말아 쥔 삿자리, 베개까지 들고 온 사람도 있었다. 8시가 지나서야 차입이 시작되었다. 지서 순경이 신원을 확인하면 차입물은 의용경찰 셋의 "용덕리, 이학재!" 하는 복창소리와 같이 창고 안으로 들여보내졌다. 운이 좋은 가족은 창고 입구에 불려나온 피붙이의 얼굴을 볼 수도 있었지만 어, 하고 입을 열 사이도 없이 그들은 안으로 사라져 버렸다. 구금이 길어질 거라는 우려 앞에서 가족들이 할 수 있는 일이라고는 따신 밥을 먹이고 베개라도 베고 자게 하는 것뿐이었다. 그러나 차입은 이틀까지만 허용되었다. 가족들은 이제 피붙이들이 언제 나오든 무사히 풀려나오기만을 소원할 수밖에 없었다. 가만히 앉아 있어도 가슴에 땀이 차는 이 염천에 꽁보리 주먹밥 하나 먹고 창고 안에서 어떻게 견딜까 하는 것은 한가한 걱정이었다.

조갑상

경남 의령 출생. 중앙대 문예창작학과와 동아대 대학원을 졸업했다. 1980년 동아일보 신춘문예에 단편소설 「혼자웃기」가 당선되어 작품 활동의 시작했다. 소설집 『다시 시작하는 끝』, 『길에서 형님을 잃다』, 『테하차피의 달』, 장편소설 『누구나 평행선 너머의 사랑을 꿈꾼다』를 냈고 산문집으로는 『이야기를 건다』가 있다. 요산문학상과 이주홍문학상을 수상했으며, 현재 경성대학교 국어국문학과에서 소설을 가르치고 있다.

:: 산지니 · 해피북미디어가 펴낸 큰글씨책 ::

문학

해상화열전(전6권) 한방경 지음 | 김영옥 옮김

유산(전2권) 박정선 장편소설

신불산(전2권) 안재성 지음

나의 아버지 박판수(전2권) 안재성 지음

나는 장성택입니다(전2권) 정광모 소설집

우리들, 킴(전2권) 황은덕 소설집

거기서, 도란도란(전2권) 이상섭 팩션집
*2018 이주홍문학상 선정도서

폭식광대 권리 소설집

생각하는 사람들(전2권) 정영선 장편소설

삼겹살(전2권) 정형남 장편소설

1980(전2권) 노재열 장편소설

물의 시간(전2권) 정영선 장편소설

나는 나(전2권) 가네코 후미코 옥중수기

토스쿠(전2권) 정광모 장편소설
*2016 세종도서 문학나눔 선정도서

가을의 유머 박정선 장편소설

붉은 등, 닫힌 문, 출구 없음(전2권)
김비 장편소설

편지 정태규 창작집
*2015 세종도서 문학나눔 선정도서

진경산수 정형남 소설집

노루똥 정형남 소설집

유마도(전2권) 강남주 장편소설
*2018 대한출판문화협회 청소년도서

레드 아일랜드(전2권) 김유철 장편소설

화염의 탑(전2권)
후루카와 가오루 지음 | 조정민 옮김

감꽃 떨어질 때(전2권) 정형남 장편소설
*2014 세종도서 문학나눔 선정도서

칼춤(전2권) 김춘복 장편소설

목화-소설 문익점(전2권) 표성흠 장편소설
*2014 세종도서 문학나눔 선정도서

번개와 천둥(전2권) 이규정 장편소설
*2015 부산문화재단 우수도서

밤의 눈(전2권) 조갑상 장편소설
*제28회 만해문학상 수상작

사할린(전5권) 이규정 현장취재 장편소설

테하차피의 달 조갑상 소설집
*2011 이주홍문학상 수상도서

무위능력 김종목 시조집
*2016 부산문화재단 올해의 문학 선정도서

금정산을 보냈다 최영철 시집
*2015 원북원부산 선정도서

인문

파리의 독립운동가 서영해 정상천 지음

삼국유사, 바다를 만나다 정천구 지음

대한민국 명찰답사 33 한정갑 지음

효 사상과 불교 도웅스님 지음

지역에서 행복하게 출판하기 강수걸 외 지음

재미있는 사찰이야기 한정갑 지음

귀농, 참 좋다 장병윤 지음

당당한 안녕-죽음을 배우다 이기숙 지음

모녀5세대 이기숙 지음

한 권으로 읽는 중국문화
공봉진 · 이강인 · 조윤경 지음
*2010 문화체육관광부 우수학술도서

차의 책 The Book of Tea
오카쿠라 텐신 지음 | 정천구 옮김

불교(佛敎)와 마음 황정원 지음

논어, 그 일상의 정치(전5권) 정천구 지음

중용, 어울림의 길(전3권) 정천구 지음

맹자, 시대를 찌르다(전5권) 정천구 지음

한비자, 난세의 통치학(전5권) 정천구 지음

대학, 정치를 배우다(전4권) 정천구 지음